FERSEN

LE BAISER DE NARCISSE

LE

BAISER DE NARCISSE

DÉTAIL DU TIRAGE

Il a été tiré de cet ouvrage :

20 Exemplaires sur papier Japon des Manufactures Impériales
contenant la suite des gravures imprimées en noir
numérotés de 1 à 20.

200 Exemplaires sur papier Vélin du Marais
numérotés de 21 à 220.

FERSEN

o

LE BAISER DE NARCISSE

illustré de seize compositions

DE

E. BRISSET

REIMS
L. MICHAUD, ÉDITEUR

—

MDCCCCXII

POUR

E. B. ET N. C.

EN AMITIÉ FERVENTE ET FIDÈLE

CHAPITRE I

Milès....

Il était né à Byblos, la ville rose aux terrasses dorées, à Byblos, dans la vallée de Laodicée, où les temples d'Adonis dressent sur le ciel clair et contre les collines de laurier leurs colonnes en marbre. Ce fut vers l'époque à laquelle l'été commence. Par milliers, comme des fusées immobiles, les lys étoilaient les champs jaunis. L'odeur menthée des herbes et des fenouils mûrs arrivait, violente, jusqu'à la ville, et les raisins montraient déjà entre les larges feuilles leurs grains verts. La mère de Milès, Lidda, était une affranchie d'Elul, le maître. Lidda venait de la Bithynie. Ses yeux de cristal, où des gouttes d'eau semblaient prisonnières, contrastaient avec les regards ardents, noirs et monotones des filles de la contrée. Elle avait été achetée par Elul trois années auparavant, comme esclave. On l'avait employée au pressoir des olives. Après la récolte, au moment de l'hiver, elle triait avec ses doigts agiles, minces et aigus, les cocons des fruits bruns. Puis c'était la meule que tournaient des Tyriotes, courts sur jambes, velus, avec des muscles de bêtes; la lente cuisson dans des jarres de terre, aux flancs rugueux desquelles s'étalaient, historiées, de belles légendes. Le repos pendant des semaines; puis la fête heureuse; après quoi on décantait l'huile des jarres, pour la mettre dans des amphores — l'huile blonde et sirupeuse qui luisait comme le miel.

Dans ces travaux, Lidda, qui n'avait pas dix-huit années, montrait une résignation mélancolique et passive. Sur sa figure blanche que le soleil n'avait pas dorée, aucune expression, que celle de la morne beauté. Elle semblait l'union de la jeunesse et de la mort; ses lèvres, qu'aucun sourire n'éclairait, avaient l'air d'une coupe pure mais qu'on aurait tarie. Le soir où le maître la distingua et la jeta sur sa couche, nul n'aurait pu dire si les paupières de la vierge palpitaient de peur, de haine ou d'amour. Le jour où les prêtres annoncèrent qu'un enfant allait naître, elle ne pleura pas, elle ne se réjouit point. Lorsque enfin Elul la déclara affranchie, sa fierté même, cet orgueil sauvage et dissimulé qu'on lui devinait, demeura en elle. Ainsi Milès vint-il au monde, ni désiré, ni maudit — mais pareil à ces myrtes de la montagne qui profitent d'un coin de mousse pour y pousser et y fleurir.

Elul, le maître, possédait des vignes, des vergers, des bois, des maisons et un temple qu'il avait fait élever à la gloire des dieux de la mer. Car sa richesse venait de la mer. A Cnide, sur la côte, dix galères, lui appartenant, faisaient l'échange, avec les habitants des îles et même avec la Grèce, du vin de ses cuves et de l'huile de ses pressoirs contre de beaux drachmes d'argent pur. Lui, vivait, mystérieux, craint, presque toujours retiré sous les portiques voilés de l'atrium. Parfois l'entrevoyait-on, grave, vêtu à la façon d'Égypte, les cheveux crépus et calamistrés, les oreilles plates, clouées d'émeraude ou d'électrum; son profil évoquait Xercès....

Pendant les quatre années du premier âge, Milès, balbutiant et joueur, demeura dans le gynécée où Lidda, libre maintenant, commandait aux autres femmes d'Elul. L'enfant grandit là, aimé et caressé par tous, sauf par une autre affranchie, Kittim, la rivale de sa mère. Vers le printemps, un grenadier piquait au seuil de la maison ses fleurs sanglantes sur la neige des cerisiers. En été, Milès, tout nu, suivait à petits pas drôles et précipités les faucheurs qui s'en allaient couper les feuillages et les foins. En automne, aux vendanges, lorsqu'il eut trois années, le Père lui barbouilla la bouche avec du ferment, et pour la première fois sourit de la grimace du gamin.

Lorsque les quatre années furent révolues, Elul voulut élever son fils. Il le fit venir; il le prit sur ses genoux pour le voir et l'embrasser. Et comme le petit, effrayé, criait, se débattait en révulsant des yeux magnifiques et des lèvres de glaïeul, l'homme l'avait apaisé, en lui chantant un air nomade, berceur et nostalgique, une de ces litanies de chameliers qui s'en vont vers l'Orient.

Alors, calmé, Milès avait rouvert ses paupières nacrées que les pleurs ourlaient d'un fil rouge. Ses poings mignons s'étaient détendus et les doigts frêles lissaient maintenant la belle barbe teinte d'Elul.

Au lointain, dans l'embrasement orgiaque du crépuscule, on entendait les hymnes de Mythra saluer le coucher du soleil.

CHAPITRE II

De ce jour-là, l'influence de Lidda avait définitivement prévalu sur celle des autres femmes. Elle était séparée de son enfant, mais elle régnait. Elul, pour la rendre plus belle et plus désirable, descendit dans les caves secrètes que les vieilles esclaves disaient remplies de trésors, et remonta chargé de ces colliers ouvragés qu'on fait en Thrace, avec des perles de Mytilène et des pierres bleues d'Alexandrie. Lidda s'en parait, évoquant ainsi les statues d'Aphrodite couvertes de joyaux par leurs adorateurs. Et désormais, symbole de sa prison dorée, le bruit des petites chaînes et des mailles précieuses accompagnèrent le glissement soyeux de ses pieds blancs. Quant à Milès, on le mit sous la garde d'un homme qui vivait depuis dix ans dans le servage d'Elul. Nul n'aurait pu dire de quel pays du Sud il venait. Séir parlait un patois inintelligible où des mots grecs s'enchevêtraient d'exclamations gutturales comme en poussent les barbares. Taillé en athlète, la peau couleur de la terre, sous laquelle saillaient, pareils à de soudaines vagues, les muscles gonflés, on ne voyait de sa face obscure que deux gros yeux dont les prunelles se confondaient dans l'ombre du visage. Ces orbites semblaient contenir des œufs cuits dont on aurait vidé le jaune. Parfois se dessinait une autre large coupure blanche. Séir riait. Car il était doux et confiant comme l'enfant qu'on lui donnait en garde, mais il aurait étranglé le chacal qui hurle sur les lointaines montagnes — avec le seul effort d'une main.

Aussi Milès s'attacha-t-il très vite à ce rustique éducateur. Lidda à certaines heures entrait, caressant son fils d'une main distraite et sonore d'annelures. Pour Milès, dont l'esprit s'éveillait et qui regardait le monde autour de lui comme des images, Lidda semblait trop belle, trop hautaine. Elle lui faisait peur avec ses étoffes brodées. Les petits doigts du gamin préféraient s'agripper à la tunique rude de Séir ou à ses paumes, calleuses comme des pattes de chien.

Elul, dont l'existence, si recluse jusque-là, changeait, appelait le petit presque chaque jour après le repas des heures méridiennes. Et voyant qu'il comprenait, qu'une intelligence précoce illuminait de vie les yeux de Milès, le père lui contait des légendes, des histoires; autour du front clair, Elul fit vibrer l'aile des génies, le cri des héros, la musique des dieux. Quelquefois, la voix du maître chantait des vers d'Homère. Milès, tressaillant, poursuivait sur la mer idéale la flotte qui s'en allait vers Troie, offrait l'ambroisie en place de Ganymède, se penchait sur l'eau livide pour savoir si Narcisse était mort. Quelquefois aussi, Elul abandonnait les poètes pour raconter sa jeunesse. Il prenait Milès, l'alanguissait dans ses chlamydes comme dans un rêve, et lui disait ses aventures. Car le maître avait voyagé dans tous les pays, en Phénicie, en Cappadoce, en Galilée, en Égypte au delà des cataractes, en Judée, en Grèce, et une fois était allé jusqu'à Rome, lors de son dernier départ, en l'an II du règne de César Auguste.

Et s'il avait rapporté de ses expéditions lointaines la fortune pesante du métal, son esprit gardait des souvenirs sans nombre qu'il déployait devant son fils comme des fresques rares.

Cependant Milès grandissait en taille et en beauté. La tête charmante de Lidda ressuscitait, animée, et paraissait jaillir du cou tiède et blanc comme d'une tige sublime. Lorsque Milès passait avec Séir par les voies dallées de Byblos et que la pierre plate résonnait sous le sabot de l'âne qui portait l'enfant, les marchands accroupis, les riches en litière, les légionnaires romains, les prophètes et les mendiants se détournaient pour voir cette radieuse apparition. Car c'était au temps où le monde adorait la Beauté, où le peuple absolvait Phryné pour la splendeur de ses formes, où l'Antinoüs allait naître pour le caprice d'un Empereur, et tous s'exclamaient : « Celui-ci sera aimé de Zeus ! » Et ils prêtaient aux dieux du ciel l'admiration des hommes de la terre....

Elul aurait voulu faire de son fils un marchand, un guerrier ou un athlète. Le marchand aurait conservé et fait fructifier les richesses endormies : il récoltait des fortunes. Le guerrier aurait dépouillé et rapporté en triomphant butin les merveilles étrangères : il récoltait des épées. L'athlète enfin, image active de la force humaine, aurait lutté pour la suprématie de sa vigueur : il récoltait le laurier noir. Milès, malgré tous les efforts, ne semblait pas s'enorgueillir de ces destins. Son corps aimable unissait l'harmonieuse jeunesse à la fragilité. Il était un chef-d'œuvre puéril, la virilité en demeurant absente; son corps était joli comme les préludes d'un pipeau en avril; son âme née de l'âme de Lidda se révélait contemplatrice et planerait sur la vie, comme l'oiseau du matin. Alors comprenant ces choses, pour ne pas polluer ou meurtrir tant de grâce, Elul songea que Milès serait prêtre.

CHAPITRE III

Par un matin sans lumière, gris comme l'éternité, Milès partit avec Séir pour le temple d'Adonis-aux-mains-d'ivoire, érigé aux portes d'Attalée, devant la mer. Ils joignirent une caravane qui s'était arrêtée à Byblos, pour permettre à certains marchands hébreux qui la composaient, de faire leurs échanges dans la ville. Pendant trois journées, sur la place aux harangues, contre les colonnes dressées par le consul Marcus Drusus, des ballots mystérieux, encordaillés par-dessus les couvertures sales, bâillaient, tour à tour éventrés, sous le soleil de feu. Pêle-mêle, c'était un étalage aux odeurs épicées, de confiseries d'Orient, de laines et de papyrus préparés, de cuirs étranges, pour en couvrir des boucliers, cuirs si forts, disait-on, que la lance ne les perçait point. Il y avait aussi des bijoux rudes et barbares, des étoffes brodées, très travaillées, où des oiseaux en pierreries volaient parmi de larges fleurs roses, tandis que d'autres perchaient, en

2

maintenant leurs ailes ouvertes, sur de minuscules maisons, au toit fuselé et pointu. Cela venait aussi de bien loin. Milès, tandis qu'Elul gravait sur les tablettes une lettre au grand prêtre d'Attalée, s'émerveillait à voir de pareilles choses. Le vieux marchand de Jérusalem que, sur sa demande, Séir avait interrogé répondait qu'il fallait des mois et des mois de caravane, marchant sous le soleil et sous la lune, pour arriver jusqu'aux pays où ces objets se fabriquaient. Et Milès, ému, était demeuré rêveur....

Aussi quand l'enfant eut appris les préparatifs de voyage, ne cacha-t-il pas sa joie. Lidda, toujours belle et indifférente, recommanda des prières aux dieux et baisa le front du petit avec des lèvres distraites. Elul, le maître, qui la veille avait donné un festin aux chefs des marchands, hissa lui-même son fils sur le palanquin clos à cause de la chaleur et des insectes. Séir devait marcher près des bœufs, et on lui donna, pour le cas d'une attaque, un javelot robuste où le nom d'Elul se gravait sur le fer. Des femmes et des éphèbes de Byblos, qui connaissaient Milès pour sa beauté et qui le savaient dédié au dieu d'amour, lui jetèrent à son départ des corolles de jasmin. Mais le ravissant visage de Milès ne tressaillit point sous la caresse des fleurs. Il pensait à plus loin. Sans savoir la tristesse des paysages qu'on quitte, son cœur défaillait d'un vertige enivré et de la volupté des découvertes. Les poésies anciennes lui parlaient de Jason. Et les paroles du marchand juif chantaient à sa mémoire : ils iraient pendant des mois et des mois sous le soleil et sous la lune....

Par les vallées humides où tremble la fougère, où l'oiseau vocalise, par les collines brûlées, entre les cèdres noueux et les maigres pins, par les plateaux chauves à l'herbe rare, la caravane chemina. Les hommes psalmodiaient des airs mélancoliques, interrompus par le brusque appel, le rrrâh! des conducteurs aiguillonnant les ânes et les bœufs. Enfin, après deux semaines, ils atteignirent la côte, et Milès, qui ne l'avait jamais vue, se souvint longtemps des bruits entendus, de ces bruits d'eau, de sable et de vent qui passe, de cette musique égale des vagues exténuées, qui revivent en étalant sur la grève leurs dentelles d'écume. Une odeur de sel, de poisson et d'algues, puis, subitement, l'infini d'une couleur aérienne : la mer!

Ils allèrent encore deux journées, longeant la côte, traversant des villages défendus par de grossiers murs de terre et où poussaient de misérables palmiers. Pauvres huttes de pêcheurs dont les barques, seule richesse, se dressaient sur le sable fin, hissées là, retenues par des poutres, avec leurs voiles et leurs filets à sécher. Dans le coin supérieur des voiles une image naïvement peinte s'étalait : Milès reconnut le trident de Poséidon. Et à chaque village l'enfant, impatient de se voir signaler le voisinage du temple d'Adonis-aux-mains-d'ivoire, demandait : « Est-ce là Attalée? »

Enfin l'on arriva.

Ce fut le soir, à l'heure où dans le ciel verdi filtrent goutte à goutte les étoiles. On ne distinguait d'Attalée qu'une masse confuse; de cette ville que tous célébraient pour ses richesses et pour son charme, il n'arrivait qu'un vague parfum et des rumeurs. Milès, déçu, interrogeait Séir. D'une main repoussant les boucles rebelles qui lui couvraient les yeux, de l'autre écartant à chaque minute les rideaux de toile du palanquin, il aurait tant voulu apercevoir des choses! Mais voici que soudain, au ras de la colline jusque-là dissimulée, bondit au ciel une énorme lune rose. Et l'on eût dit, à voir cette lune rose, la sortie lumineuse d'un souterrain creusé dans la masse épaisse de la nuit, la sortie d'un souterrain conduisant à l'éternelle lumière....

Comme parmi les voyageurs certains appartenaient à la secte éphésienne de Diane, la caravane s'arrêta, les hommes s'assemblèrent sous la clarté symbolique, ils s'agenouillèrent, et l'on pria.....

CHAPITRE IV

Le temple était là, portique blanc, qui s'ouvrait sur la mer. Ses colonnes massives, aux chapiteaux doriques incurvés comme des cornes, alternaient leur marbre vert et leur marbre noir, ceignant le sanctuaire d'une large terrasse d'où l'on découvrait l'horizon. Sur cette terrasse, entre les colonnes, de hauts trépieds de cuivre jaillissaient, sveltes; ils supportaient les vases d'offrande où sans cesse brûlent des parfums mystiques, les vases sur lesquels on lit en relief le nom du dieu entre les têtes de bélier. Un escalier immense, large de vingt palmes, montait vers le portique; les marches étaient couvertes jour et nuit de tapis épais, comme on en fait au Liban, de tapis en pourpre pâle, afin que les adorateurs de la jeunesse et de la vie ne sentent pas sous leurs pieds la dureté des pierres. Au dernier palier, tout en mosaïque, deux grands velums tissés d'or tombaient en larges plis de l'architrave; sur l'étoffe à la fois somptueuse et légère s'arquaient des guirlandes de myrte, retenues çà et là par des chaînes d'argent.

Sur une hauteur que l'atmosphère bleutait, sur une hauteur du côté de la mer, et tournée vers elle comme une image propitiatrice, la statue de l'éphèbe divin, blanche, on eût dit sculptée dans la crête des vagues, luisait sur le ciel profond, au milieu du recueillement calme et de la sérénité. A peine une différence de teinte se distinguait-elle près des poignets, vers l'endroit où l'ivoire remplaçait le marbre jadis mutilé par les barbares. Car c'était après le siège et la capture d'Attalée qu'on avait dû réparer le sacrilège et mettre à la divinité des mains d'ivoire pour qu'elle soit encore plus douce dans ses caresses aux malheureux. Autour du temple, sur la colline, des aloès, des lauriers, des figuiers juteux enchevêtraient leurs feuillages et leurs épines, troués quelquefois par des cyprès obscurs, aux minces flammes immobiles.

Cependant les prêtres, qu'on avait prévenus de l'arrivée de Milès, vinrent le prendre aux portes de la ville, dans la tente sous laquelle l'enfant avait passé la nuit. Ils le virent, le trouvèrent beau, et le saluèrent. Eux étaient des adolescents d'une dix-huitaine d'années. — Ils semblèrent, pour Milès souriant, des frères aînés. Leur visage était aussi plein de grâce. Alors Milès dit adieu à Séir et sentit qu'il était loin désormais de ceux qui l'avaient aimé. L'esclave s'agenouilla pour embrasser les chevilles du petit maître qui s'en allait, et dans ses orbites blancs, sur ses prunelles obscures, on lisait le dévouement humble des bêtes. Puis les jeunes prêtres et Milès partirent. Ils traversèrent une partie de la ville. Sur leur passage, le peuple, reconnaissant les robes soufrées et les cannes d'ébène sacerdotales, s'inclinait en prononçant des paroles que Milès ne comprenait pas. Par instants, il fallait se frayer un passage à travers une foule grouillante, nue, au sein de laquelle fermentaient des odeurs. Un moment, Milès crut tomber, s'étant embarrassé les jambes dans le rétiaire d'un gladiateur qui s'en allait vers le cirque. Puis ce fut un énorme chien jaune, errant, qui s'enfuyait courant de travers, comme un crabe, les oreilles dressées, la queue basse, un morceau de viande volée à la gueule. Il se jeta sur l'enfant. Heureusement les prêtres chassèrent l'animal affolé, et tout se termina par un éclat de rire, étincelant. Désormais, la glace rompue, plus confiants, ils se parlèrent, et les guides interrogèrent Milès sur sa famille, son âge et sa patrie. Déjà ils se trouvaient à l'autre bout de la ville. En face d'eux le temple dressait sa pure architecture. A plusieurs distances avant d'arriver ils rencontrèrent un chemin, dont les côtés étaient remplis de fleurs séchées ou fraîches encore, dont les dalles s'usaient sous les pas des cortèges. On avait dit à Milès quelles seraient ses premières purifications et quels soins il recevrait des pocillateurs avant d'entrer dans l'enceinte sacrée. Comme ils se dirigeaient vers les thermes, ils croisèrent une théorie de jeunes hommes dont les tuniques de lin transparentes laissaient voir les formes juvéniles et musclées. — Ces garçons étaient tous couronnés de myrte : les uns tenaient dans des coupes l'encens, le vin et les pétales de rose destinés aux libations. D'autres portaient, rigides sceptres aux têtes souples, des lys de Judée, dont les pétales ont la couleur des cédrats murs. D'autres enfin, des torches renversées. Derrière eux une dizaine d'éphèbes merveilleusement beaux et pâles, suivaient, soutenant une litière couverte d'un voile et semée d'asphodèles. Les porteurs étaient nus, et le soleil du matin veloutait leurs hanches incurvées, minces comme un contour de lyre. Milès et ses compagnons s'étaient arrêtés pour voir le cortège. Un silence impressionnant planait. Nul de ces passants ne semblait vouloir desceller les lèvres. Seulement, dans leurs regards mélancoliques erraient des supplications. Et leur nudité paraissait une prière vivante.

Apercevant les prêtres, ils s'arrêtèrent. Deux des premiers dans la procession tendirent sans un mot les lys qu'ils tenaient à la main. Et les prêtres, devenus graves à leur tour, prirent ces lys et les effeuillèrent au-dessus de la litière couverte. Alors ils repartirent et gravirent sur la pourpre l'escalier sublime que l'on eût cru monter au ciel. Un à un ils découpèrent leur profil clair sous les portiques. Un à un ils disparurent : à leur arrivée les trépieds s'allumèrent et de lourdes fumées bleues glissaient maintenant vers la terre. Puis soudain un grand cri déchirant s'éleva, cri poussé par ces voix qui pourtant auraient dû ignorer la douleur.

Devant la statue aux mains d'ivoire quelque chose de long, de lourd et de fuselé venait d'être hissé au sommet d'un piédestal sombre. Et comme le cri tragique expirait, des flammes soudaines léchèrent ce piédestal qui devenait un bûcher. Maintenant, parmi les volutes noires, de grands serpents de feu giclaient vers la mer.

Celui qui était mort venait d'avoir quinze ans.

. . . .

CHAPITRE V

Dans le fond de là salle nue, le grand prêtre, entouré de sept adolescents qui représentaient les Sept Rites, allait juger Milès. Le grand prêtre, dont la barbe blanche et dont le dos voûté contrastaient avec la jeunesse triomphante de son cortège, était assis sur une massive sedia romaine. Il était vêtu d'une robe de couleur sang, qui recouvrait en partie des sandales gemmées, et il reposait ses mains belles encore sur les bords de la sedia, où le nom d'Adonis était gravé. Les éphèbes autour de lui portaient sur des plateaux de métal recouverts d'anémones les objets consacrés : le feu, la myrrhe, le lin blanc, le miroir de cuivre, l'eau lustrale, la canne d'ivoire et les cymbales d'or. Et l'on attendait l'heure où le soleil tomberait droit par l'ouverture de la voûte, jetant son disque vermeil sur le sol jonché de violettes, car c'était l'heure de l'Initiation....

... Sous les doigts subtils des pocillateurs, Milès, en extase, fermait ses beaux yeux. Depuis trois mois qu'il avait été soumis aux purifications, et qu'il apprenait pour affronter l'aéropage le chant des vers et la danse, jamais encore les caresses des esclaves n'avaient été si douces. On l'avait oint d'huiles précieuses et de nards de Syracuse. Ses paupières battaient comme des ailes lasses et son corps radieux était souple, ondoyant et plus tendre qu'une algue rose.

Un bref appel de trompe le fit tressaillir sur la couche profonde. Le moment était venu. Soudain ramené à la réalité, une peur atroce le saisit. Lorsqu'il fut debout, ses jambes plièrent comme si du plomb lui coulait dans les veines. Fiévreux, il demanda un miroir, et, comme il n'y avait point de miroir, il se pencha, curieux et joli, au-dessus de la vasque où il s'était baigné. Et l'eau tremblante lui envoya une image, plutôt même une ombre, mais si fine et si juvénile, que Milès en sourit.

Alors les pocillateurs lui agrafèrent la tunique dorée sur l'épaule, les colliers, les bracelets, et lui offrirent du fard. Il refusa le fard. Quand tout fut terminé, il ceignit la bandelette blanche qui lui baissait les cheveux jusqu'aux sourcils arqués. Sous ce casque bouclé et sombre, les prunelles liquides, les transparentes prunelles bleues s'agrandissaient démesurément jusqu'à devenir les pierres précieuses enchâssées dans un visage.

Un second appel de cuivre hennit, impératif, répété par des centaines de trompes sous les portiques du temple. A ce moment on écarta le rideau de pourpre qui séparait la salle des pocillateurs du couloir conduisant à la salle du jugement. Une foule d'adolescents, prêtres ou initiés pour la plupart, attendaient Milès pour l'escorter, et ces éphèbes tenaient des lyres, des harpes et des flûtes.

Une troisième fois les trompes retentirent, et les disques de bronze que les mages apportent du désert, les disques frappés de marteaux d'ébène, frémirent orgueilleusement. Ainsi Milès partit pour aller danser, chanter et plaire, pour consacrer sa beauté et sa jeunesse au dieu; Milès partit, précédé et suivi de musique, pareil à ce David qui — dans l'histoire de la Judée — sut charmer Saül d'un sourire.

Au seuil du tribunal, les voix se turent, les flûtes s'apaisèrent, les harpes s'adoucirent et ce fut le silence. La théorie adolescente qui accompagnait Milès se rangea, sans une parole, le long des sévères murs de pierre. Et lui demeura seul, au centre de la voûte, inondé du soleil qui coulait dans ses cheveux. Tout auprès, sur une table de porphyre, on avait disposé une lyre, la lyre du temps d'Homère, tendue sur deux cornes de taureau entre des tringles de cuivre, contre une carapace de tortue. Étaient préparés encore, le miroir, les cymbales; sous les pieds de Milès, sous ses pieds nus, les pétales qui couvraient la terre agonisaient dans des parfums.

Alors le grand prêtre, voyant que les temps étaient venus, déroula un papyrus très antique, jusqu'à ce que le cylindre de fer auquel il était attaché tombât sur les dalles. Il se leva, paraissant plus vieux encore, mais sa tête avait cette noblesse imposante qui rappelle les marbres de Phidias. Puis il lut à Milès la naissance, la vie et la mort d'Adonis. Au passage où il est raconté que le dieu pour la première fois ouvrit les lèvres, le vieillard dit à Milès :

« Chante! »

Milès prit la lyre. Les doigts légers d'abord hésitèrent un peu, tels que certains oiseaux avant de s'envoler tremblent des ailes. Puis ils coururent, hardis et sûrs, frôlant les cordes sonores, tandis que l'éphèbe, la tête inclinée en arrière, doucement renversée comme une gerbe, accompagnait des vers d'Eschyle, d'une musique en dentelle.... Le silence de nouveau plana, après que la dernière note eut vibré comme la chute d'une dernière goutte d'eau.

La lecture continuait. Lorsque le grand prêtre eut rappelé le sommeil d'Adonis, le secret baiser des nymphes et le geste par lequel le dieu vierge repoussa les nymphes, on dit à Milès :

« Danse ! »

Il prit les cymbales, les assujettit à ses paumes, attendit le prélude des harpes.... Les juges, que le chant de Milès avait étonnés, escomptaient l'harmonie du geste, anxieusement. Pourquoi ne commençait-il point avec la mélodie? Mais l'adolescent semblait concentrer dans sa mémoire les attitudes immobiles des statues. Puis, d'un coup bref, les cymbales cinglèrent, acides. Alors lentement d'abord, puis animé par l'entraînement lascif du rythme, Milès, ployant et renversant son buste, glissant avec ses pieds ailés, dansa et, chaque fois qu'il girait, jetait un mystérieux appel; ses bras blancs, autour desquels voltigeait la fine tunique d'or, encadraient la tête merveilleuse où frémissaient des vertiges. Et parfois les petites fleurs semées sur les dalles, soulevées dans les tourbillons de la danse devenue dyonisiaque, avaient l'air de vouloir s'élever jusqu'aux lèvres de Milès.

Lorsque, frémissant, il s'arrêta, les adolescents qui le jugeaient et ceux qui le voyaient poussèrent les mêmes cris d'admiration. Seul le grand prêtre ne manifesta d'aucune parole sa joie ou son plaisir, car son devoir le liait au silence.

Quand le tumulte fut apaisé, il reprit la Lecture sacrée. Il magnifia alors toute la tristesse de la légende immortelle. Il décrivit l'abandon de Vénus et la colère de Zeus, l'agonie et la mort d'Adonis, d'Adonis qui demeurait si beau malgré l'immobilité funèbre, que Phœbé arrêta sa course dans le ciel pour admirer le rival d'Éros. Puis sa voix qui pleurait redevint vibrante et fière, elle célébrait la résurrection d'entre les morts. A Milès cette voix avait dit : « Chante », elle avait dit : « Danse ». Elle s'adoucit pour lui dire : « Montre-toi ».

C'était la minute suprême. Celle où l'on est définitivement admis dans le temple, celle où l'on en est chassé. Car tout commence par la beauté, tout finit par la beauté.

Et l'on allait juger Milès.

Lui regarda sans honte les assistants. D'un geste enfantin et charmant, du bout de ses doigts rosis, il ôta une violette tombée sur son épaule, leva les yeux vers le ciel comme pour lui demander sa protection et le vêtement de sa lumière. Puis il dégrafa sa tunique dont l'étoffe soyeuse tomba à terre, palpitant autour de lui telle qu'un phalène. Et il demeura ainsi, dans une pose presque pareille à celle du dieu, tandis que les rayons d'or poudraient de lumière chaude la nacre ferme de sa chair. Prolongement fuselé de ses chevilles étroites, les jambes musclées, déliées au genou, supportaient comme deux colonnes d'albâtre le torse souple, le ventre plat et légèrement creux où s'affirmait la précoce virilité de Milès. La tête semblait une fleur plus belle épanouie sur le col de cette amphore humaine dont les anses étaient formées par les deux bras déjà robustes de l'adolescent. Devant cette splendeur et cette immobilité, personne n'élevait la voix comme devant un chef-d'œuvre. Milès avait chanté, dansé et il se montrait dans sa nudité glorieuse....

Cependant un jeune homme, qui n'avait cessé de le regarder avec des yeux étranges, et brillants de désirs, osa rompre l'enchantement. Il alla vers Milès, s'agenouilla et lui baisa les genoux en l'appelant : Basileus! c'est-à-dire maître. Et Milès, baissant les yeux vers lui, sourit à son triomphe....

CHAPITRE VI

Leur devoir était de prier, de protéger; il fallait aussi qu'ils consolassent. Ces prières, ces appuis et ces consolations résidaient dans leur beauté même. Lorsque, prosternés sur les dalles de marbre et devant les idoles de bronze, ils suppliaient, en couvrant la pierre froide de baisers brûlants, l'Adonis d'accorder le bonheur à la terre; lorsqu'ils recueillaient les esclaves, les captifs, les vieillards et la muette souffrance des bêtes; lorsqu'ils allaient près des malades ou qu'ils ensevelissaient les morts, leur présence, leur jeunesse, leur splendeur semblait une perpétuelle offrande. Devant ces adolescents l'on oubliait l'habitude terne de vivre. Celui d'entre eux qui passait évoquait ce qu'on aurait dû être. Et l'on pensait aux héros des légendes dont Zeus s'énamoura.

Milès n'avait point été désorienté par cette vie nouvelle. On aurait dit, à le voir s'exercer aux litanies en brûlant les baguettes hiératiques, que sa destinée de jadis avait été de créer de lui un prêtre. Parfois au clair humide de la lune, alors que, sur les immobiles terrasses blanches, ses compagnons en robes d'argent paraissaient vêtus de rosée, il ordonnait aux esclaves de chanter sur la harpe. — Et des airs que personne n'avait jamais entendus, commençaient à pleurer doucement. Les voix égrenaient leurs arpèges purs, givrés et liquides, tels que le murmure d'une fontaine. Et comme en face, toute nue et pailletée de nacre lunaire, la mer léchait les rochers, on aurait dit, devant le silence de la terre, que c'étaient les vagues qui chantaient!

Milès écoutait les premiers versets de ces étranges poèmes. Puis, brusque et lent à la fois, il se levait du tapis tiède où tout à l'heure gisait son corps souple. Il ramassait au hasard une écharpe et des fleurs, un triangle de bronze ou des grelots d'argent, et faisant sonner les anneaux de ses chevilles, choquant ses bracelets, il rythmait sur la mélopée des esclaves je ne sais quelle danse extasiée.

Sa tête, d'abord penchée vers le sol comme pour suivre du regard l'envol des pieds agiles, se relevait peu à peu à mesure que la danse s'accentuait. Ses prunelles chavirées, au bord des lourdes paupières, luisaient pourtant, comme derrière les feuilles noires luisent les citrons d'or. Presque aucun geste des bras n'accompagnait cette suite de vertiges. Seuls les brefs éclats des cymbales, le sonore sanglot du bronze ou les grelots fantasques soulignaient d'un vibrant appel la rencontre des mains. Et chaque fois que Milès ramenait ses regards vers la terre, chaque fois où, glissant, léger, il voyait ses jeunes compagnons admirer l'étonnante improvisation de sa grâce, le même adolescent l'hypnotisait, pareil au jour du triomphe, alors qu'il lui avait baisé les genoux en l'appelant Basileus!

Celui-là était devenu son premier ami. Une affinité secrète les unissait de suite. Lorsque, dans les premiers temps, Milès demeurait rêveur et presque triste en songeant à Byblos, à la maison du maître, aux caresses d'Elul, au sourire distrait de Lidda, Enacrios lui parlait, l'interrogeait, apaisait ses souvenirs par de belles espérances. Sans se rendre compte de la fièvre que soulevait sa beauté, Milès, ignorant de l'amour, ignorant de soi-même, rendait en affection ce que Enacrios lui offrait en passion plus obscure et plus humble. Pourtant jamais Enacrios n'avait révélé son extase intérieure. Il vivait près de son ami comme un esclave auprès du Tout-Puissant. Ses joies les plus grandes étaient de voir Milès heureux. Et quand Milès, surpris, recevait de lui des fleurs, des étoffes légères, un sourire récompensait Enacrios plus que toutes les paroles du monde. L'amour ne demande rien quand il aime; tout lorsqu'il est aimé.

Cependant la mauvaise saison était venue. Sous un ciel bas, les nuages s'amoncelaient, sans discontinuer, et les pluies commencèrent. Le soleil ne se montrait plus que rarement lors de quelques accalmies, et alors on pouvait voir au lointain, se profilant sur une clairière d'azur, les cimes neigeuses des montagnes. On avait retiré des portiques les voiles de pourpre et les guirlandes, déjà lamentablement déchirés par le vent. A la vie sur les terrasses, dans le bonheur inerte des chaudes soirées, succédait la monotonie des heures, durant lesquelles, cloîtré, Milès pensait aux choses d'autrefois.

Son tendre et triste ami l'épiait; maintenant il avait osé lui parler des choses qui faisaient de lui un exilé dans ce temple. Et Milès lui racontait sa vie, recommençait au fil des souvenirs la longue route parcourue pour venir, décrivant les collines et les plaines, les rochers et les sables, les arbres et les fleurs, les arbres plus grands et les fleurs plus belles à mesure qu'on approchait du val de Laodicée. L'enfant oublait, avec la distance et le recul des années, la sorte d'abandon où l'avait laissé sa mère, et ce que la maison natale avait d'indifférent. Il arrivait précédé de mystérieuses légendes jusqu'au seuil de Lidda, de Lidda qui gardait son air de sœur aînée.

Oh !... ces histoires contées à voix basse.... Accroupis devant des réchauds où dansaient de petites flammes bleues, ils en arrivaient tous les deux à distinguer dans le feu énigmatique les paysages de là-bas. Car Enacrios, orphelin, n'avait pas de patrie, ayant été enlevé très jeune pour devenir esclave; son pays, c'était celui dont rêvait Milès.

« Ici qui nous connaît et qui nous aime ? Il faudra des années et des années.... Alors, quand je retournerai à Byblos, je ne saurai plus les embrasser. Leurs visages ne se trouveront plus pareils et sembleront des paysages oubliés. Oh ! si tu voulais, comme nous fuirions d'ici ! »

Les premiers temps, ce mot de fuir épouvantait Enacrios. Esprit timide, frémissant de passion pour d'autres que pour lui-même, il n'avait pas, il n'aurait jamais la volonté suffisante. Il fallait qu'on la lui donnât. Milès comprit alors l'empire qu'il exerçait sur Enacrios. Chaque soir, à présent, il lui parlait du grand soir, du seul soir de leur vie où, s'échappant du cloître, ils s'en iraient retrouver leur mère....

Les étoiles vibraient dans la nuit, pareilles à des flèches froides plantées au cœur du ciel. Les adolescents levaient les yeux vers elles. Plus tard, c'est par ces lueurs qu'on saurait le chemin....

CHAPITRE VII

Parmi celles qui apportaient des offrandes, il y avait une petite esclave laide et manchote, mais qui riait toujours. Elle arrivait à cropetons avec, sur sa tête crépue, un panier d'oranges, de cédrats ou de pêches minables. Son bras malade, en montant les escaliers, ballait désespérément et le panier, de travers, laissait parfois rouler jusqu'au bas des gradins une balle jaune. Mais elle ne paraissait pas se soucier de tant de peines. Lorsqu'on la voyait sur la terrasse, hésitante, épeurée, une telle joie illuminait sa pauvre face ingrate qu'on avait presque pitié d'elle. On l'avait pourtant mal reçue les premières fois. Déjà, l'homme qui garde le temple refusait l'entrée. On toisait son apport. Cela valait-il une figue de Syracuse ces noyaux mal couverts? Croyait-elle les dieux aveugles d'apporter à Adonis une corbeille dont ne voudraient pas les chiens de Ploutos? Et l'on se moquait d'elle.

Alors elle les regarda avec tant de surprise et tant d'innocence, elle eut un geste si simple en leur disant : « Je donne au dieu ce que j'ai de plus beau — afin qu'un jour je ne sois plus infirme » — que l'on eut pitié. Elle passa.

Maintenant, elle venait chacun de ces jours qui correspond au sabbat des Juifs. Suivant les saisons, le contenu du panier variait, mais toujours si misérable qu'on l'eût cru provenir de l'endroit le plus misérable de la terre. Et comme la porteuse était laide (sauf les yeux qu'elle avait magnifiques) et pauvre, et qu'elle ne parlait à personne, restant absorbée en longues prières, il y avait des matins où nul ne se souciait de recueillir ce qu'elle apportait.

Ce fut ainsi que Milès l'aperçut, désemparée, abandonnée et pleurant presque. Un vent aigre soufflait, qui plaquait sur les visages et les bras nus des marbrures comme des poulpes bleus. Les prêtres, à l'intérieur des sanctuaires, se réchauffaient à la flamme courte qui ondoie sur les brasiers en cendre. La boiteuse était allée de porte en porte, levant timidement la toile qui couvrait les fruits, mais elle avait eu beau rire, d'un rire résigné et triste, personne n'en avait voulu. Alors Milès, pris d'une infinie compassion pour la solitaire, s'approchait d'elle et — miracle ! — c'était la première fois que quelqu'un d'aussi beau, d'aussi jeune et d'aussi pur répondait à son salut. Elle en demeura si confuse qu'elle partit aussitôt sans faire les prières d'usage; elle redescendit l'escalier en manquant tomber, tant elle allait vite. Elle ne se retourna pas.

Mais à partir de ce jour-là elle n'eut pas de cesse qu'elle ne retrouvât Milès à chaque pèlerinage qu'elle accomplissait. Il lui arrivait maintenant de refuser ses fruits à ceux qui autrefois croyaient lui rendre service en les acceptant. Il lui fallait Milès. Dès qu'elle devinait son approche, elle semblait oublier sa laideur et son infirmité, elle allait, joyeuse, presque légère.

Et comme prise de coquetterie soudaine dans sa misère, la pauvre petite esclave, pour cacher la laideur de ses prémices, couvrait les pulpes maigres de belles feuilles fraîches....

Milès, ignorant de ce que la pauvre fille cachait de dévouement et d'adoration muette, échangeait avec elle des paroles où toujours les mêmes idées revenaient, comme en une psalmodie.... Elle devait être bien heureuse, malgré tout. N'était-elle pas libre. Oh ! il devinait bien qu'elle vivait très pauvre et très seule, mais avoir la route devant soi, longue, qui va vers l'infini comme un rayon de soleil, ou capricieuse, ondulant à travers les rocs et les broussailles, et qui se perd au sommet d'une montagne, en plein ciel ! Ne plus voir de grilles et de murs ! Un jour, la petite, avec la timidité de certaines mendiantes qui n'osent pas parler des douleurs, lui dit : « Mais la liberté, tu ne l'as donc pas, ô Lécythe ? » Alors pour la première fois, devant elle, l'adolescent se sentit les yeux pleins de larmes. Il se détourna, cachant les pleurs indignes. Elle comprenait. Quoi ! cette vie de prêtre qu'elle admirait avec une sorte de crainte confuse, ce séjour dans ce temple qui pour elle resplendissait de beautés mystérieuses, cette existence rêvée n'était qu'une réclusion....

Rompant le demi-silence pareil à de la pénombre, troublé à peine par les modulations d'une lyre lointaine, Milès, avec des mots qui hésitaient, lui raconta son supplice — sa prison. Il lui dit la nostalgie torturante de son cœur, l'angoisse quotidienne, comme il faisait froid et laid ici, la tiédeur de son pays natal, la voix de son père, il lui dit les fleurs de sa maison, sa volonté de fuir. Il parla d'Enacrios, Enacrios n'osait pas. Il fallait quelqu'un pour l'aider à partir, quelqu'un pour lui indiquer l'heure des caravanes.... Quelqu'un pour le sauver.

L'infirme, les yeux graves, réfléchissait. Des tremblements

convulsaient sa bouche triste. Dans sa pauvre petite tête sans grande intelligence, habituée à ne concevoir que des choses élémentaires, elle tâchait d'apercevoir le trou avec la lumière, la sortie de la grotte, l'échelle du toit. Puis subitement, fébrile, ses prunelles illuminées, elle se haussa, au risque d'une chute, elle se haussa jusqu'à l'oreille de Milès, s'agrippant à sa belle robe jaune, à sa nuque duvetée, car elle osait maintenant. Elle lui murmura quelques paroles comme un secret. Et soudain l'adolescent fut si joyeux, si rempli, lui aussi, de belle espérance, que rencontrant le regard mouillé et tendre de la petite, il frôla le front soumis de ses lèvres.

Elle défaillit presque, surtout lorsque d'un geste brusque Milès l'écarta....

Debout contre une des colonnes de l'enceinte sacrée, Enacrios, rigide, pâle et froid comme du marbre, Enacrios les regardait avec les yeux fixes qu'ont les morts.

Il avait vu leur baiser.

CHAPITRE VIII

Le soir était venu; il tombait doucement sur le ciel comme une paupière vaporeuse. Une seule bande de pourpre, pareille à quelque brusque déchirure, illuminait l'horizon et en faisait un blessé. Dans le calme du crépuscule les bruits de la ville montaient, plus distincts, fragilisés. Sur la mer encore claire, le temple d'Adonis-aux-mains-d'ivoire détachait ses portiques maintenant obscurs. Et si les trépieds des terrasses successives n'avaient pas brûlé leurs aromates aux flammes vertes, l'on se serait cru simplement à la fin d'un beau jour.

Mais soudain des hymnes retentirent, modulant les paroles de Calpurnius :

> Sur la flûte à dix trous qui siffle un peu mièvre
> Je ne sais quel air doux, et triste, et nonchalant,

A l'ombre que font les grands peupliers tremblants,
Les bergers Lycidas et Mopsus jouent des lèvres....
Ta nostalgie, Éros, alanguit leur corps blanc
Et les fait frissonner sous l'archet des fièvres!

Chantons l'amour en rêve et pleurons-le tout bas....

Car un soir tendre où le soleil laissait sur terre
Traîner comme un manteau l'or de son geste en feu,
Mopsus a rencontré dans l'enceinte des dieux
Une ombre fugitive et peut-être étrangère
Dont les yeux ont souri quand sourirent ses yeux :
Et c'était Méroé, la danseuse aux prières....

Chantons l'amour en rêve et pleurons-le tout bas....

Un peu de vent gémit, qui venait des montagnes, et l'on n'entendit plus les plaintes de l'églogue; cachée à demi par un buisson d'acacias, la mendiante écoutait et regardait le cortège, qui défilait maintenant entre les colonnades remplies de clameurs, de feu et de fumées. C'était *Per Vigilium Veneris*, la veille en l'honneur de Vénus. Les plus beaux d'entre les jeunes prêtres devaient apparaître devant l'image de l'Aphrodite, lui sourire et la mépriser, en souvenir du mal et du bien qu'elle fit au divin Adonis. Déjà précédés par les esclaves et les hiérodules, les adolescents scandaient leur tendre appel en levant leurs bras soyeux. Déjà les sacrificateurs, les licteurs et les mages, les uns couronnés de lierre comme Bacchus, les autres ceints de chêne comme César, les derniers auréolés d'un fil d'or comme Apollon, avaient pris place sur les gradins de pierre, en face de la nuit. La petite, épeurée et vibrante, s'impatientait, car *elle* savait. *On* lui avait appris, ne craignant pas qu'elle divulgue le secret à cause de son innocente torpeur, on lui avait appris que, pour cette fête amoureuse et funèbre, où de temps immémorial le héros mourant revivait transfiguré sous les traits d'un éphèbe du temple, Milès incarnerait Adonis. Pourquoi donc ne se montrait-il pas? Pourquoi, voluptueux et épuisé, n'avait-il pas gravi les marches du catafalque recouvert de pourpre où, parmi les fleurs et le laurier, il offrirait jusqu'au matin son corps léger en sacrifice? Ils avaient convenu qu'elle l'aiderait alors à disparaître....

Cependant l'invocation continuait :

L'enfant penché sur l'eau pour boire au ruisseau frais,
Tremblant de se connaître, et languide, effleurait
D'un baiser pépiant sur sa bouche novice
Le miroir ingénu que la dryade offrait.
Ce baiser-là, c'est la douleur et le délice....

Chantons l'amour en rêve et pleurons-le tout bas!

Alors, soudain, un grand cri retentit dans le temple. Et la mendiante put voir les ombres affolées de la procession se précipitant vers l'intérieur du sanctuaire. Pâle, mortellement angoissée, la petite sentit comme un vertige. Mais après un moment elle se raidit, entendant des pas précipités. On eût dit quelqu'un qui fuyait.... D'un saut elle se cachait derrière l'arbuste grêle.... Milès! Milès!

Il venait de passer, courant en effet, la figure éblouissante et convulsée. Sa chlamide aux franges d'or s'accrochait aux ronces....

Milès! Milès!

Les bijoux se choquaient avec un bruit de grelots et

de voix humaines.... La lune naissante éclairait tout cela. Milès !

Et comme il disparaissait, déjà loin, la pauvre petite, sans comprendre mais résolue, réunit ce qui lui restait de force et d'énergie; puis, comme un cabri sauvage, bondit pour le rejoindre.

Combien de temps dura cette course folle au clair de lune? Un moment, il tombait, puis il se relevait et fuyait encore. De nouveau, une chute; alors elle le rejoignit, d'un élan désespéré, et, comme il était évanoui, elle l'embrassa doucement pour qu'il revînt à la vie, étancha le sang qui perlait sur le front moite, souillé de sable par endroits. Elle l'appela par son nom comme l'eût fait une sœur. Elle se rappelait vaguement de la stupeur des mercenaires, aux portes du temple, des rues obscures franchies, des cris d'émeute, de la poursuite des chiens, puis des sauts à travers la campagne avec devant elle, pour lui donner la vie et le souffle, l'ombre lointaine et transfigurée de Milès. Grâce à Zeus, il était là maintenant, blessé, mais vivant, sous sa garde. On ne viendrait pas, cette nuit, l'arracher de ses genoux. Et dans sa cervelle obscure, la mendiante, qui ne connaissait pas l'amour, sentait jaillir pourtant une source impétueuse de tendresse. Soudain Milès ouvrit les yeux, la regarda et sourit, la reconnut et pleura. Elle n'osait pas lui parler encore. Ce fut lui qui parla. A voix basse, comme s'il eût craint que les feuilles l'écoutent, il balbutia :

« Enacrios!... »

Puis son corps fut secoué d'un grand frémissement.

Là-bas, dans le silence vert de la plaine, un bœuf mugissait. Milès derechef dit en un sanglot :

« Enacrios !

— Hé bien!... » balbutia la mendiante en respirant à peine.

L'adolescent tourna vers elle des yeux d'épouvante.

« Il... s'est tué, râla-t-il....

— Tué? » s'exclama la petite, terrassée, elle aussi.

Il se tut. Les fleurs sauvages répandaient autour d'eux une odeur d'anis. Il faisait si calme qu'on aurait cru entendre trembler les étoiles.

« Alors? fit-elle....

— Alors, je crois, murmura-t-il dans un pénible effort, qu'il nous avait vus, tu sais, quand nous nous sommes embrassés.

— Embrassés!... ah, oui! fit-elle, défaillante au souvenir; mais quel mal lui avons-nous donc fait?... »

Les cigales crissaient, les phalènes voletaient. On aurait dit que la terre chante.

« Il m'aimait! continua Milès. J'allais descendre le parvis des Cnidiens. Subitement il s'est dressé devant moi, aux flammes des torches. Je n'ai vu que sa bouche crispée et son couteau de fer. Il a crié, et son cri, je l'ai encore là! dans l'oreille! »

Un bruit lointain les interrompit. Milès et la mendiante s'aplatirent sur les herbes. Une minute passa, d'angoisse atroce, pendant laquelle ils crurent que l'*on* s'approchait et qu'*on* allait les trouver.... Mais non, c'était comme une foule qui s'écoule là-bas... là-bas....

Alors, reprenant courage, Milès se dressa, fouillant la plaine. Presque à l'endroit où elle se confond avec le ciel, une longue file obscure serpentait, formée, semblait-il, de berceaux plantés sur des échasses.... Cela se balançait, passa et disparut.

... La caravane était partie....

CHAPITRE IX

A Cnide, sur la côte, dans l'ostérium enfumé où des poissons secs, des viandes cuites sous la cendre et des courges, à l'épiderme de crapaud, pendaient aux solives du toit, parmi les buveurs dont l'un titubait déjà en se proclamant légionnaire, se tenant l'un contre l'autre pour se donner du courage, Milès et la mendiante entrèrent — après une hésitation. Ils arrivèrent sans qu'on les ait interpellés jusqu'au fond de la salle où l'homme, un Phénicien, décantait le vin des outres.

« Que me veux-tu, toi ? fit l'homme.

— Manger, répondit Milès.

— Manger ! s'exclama l'autre. D'abord, ajouta le tenancier en regardant les deux malheureux, as-tu de quoi me payer? »

Milès montra sa chlamyde brodée et dit : « Je te donnerai en échange cette étoffe. Tu nous nourriras jusqu'à ce que je parte pour Byblos. A Byblos, mon père est puissant et riche.... Tu feras une bonne action, supplia-t-il, en craignant le refus du marchand. Nous avons si faim....

— Faim! Qu'est-ce que cela me fait. Si tu n'as pas un drachme, engage-toi comme esclave. »

Sous l'injure, Milès blêmit mais se contint.

« Voilà ce que c'est que de faire le beau avec ton amoureuse, lança l'homme méprisant. D'ailleurs, elle n'est pas bien belle, ton amoureuse, railla-t-il. Enfin! » Et comme il avait bon cœur malgré tout, et que l'étoffe semblait de valeur, quoique sale et déchirée, il leur indiqua un coin où des bottes de luzerne s'empilaient, bâillant de la cosse. « Asseyez-vous là! »

Cependant, le colloque avait intéressé les buveurs. Marins de Sicile, graves comme des satrapes, vendeurs de fruits et d'eau fraîche, la plupart Syriotes, reconnaissables au bonnet phrygien affaissé sur l'oreille, Grecs aux cheveux trop longs, Hiberniens bronzés comme des pharaons, tous aventuriers ou mercenaires, esclaves ou affranchis, dévisageaient maintenant à qui mieux mieux Milès et l'infirme.

« Mais, par Ésope! n'est-ce pas là Milès, le fils de ton ancien maître? fit l'un des convives en secouant, sans succès, une énorme masse noire écroulée sur la table. Il me semble l'avoir vu passer, quand il partit de Byblos....

— Oui, affirma un second voisin, il me semble que c'est Milès.... »

A ce nom prononcé haut, l'homme ivre, un nègre égyptien sans doute, qui dormait, se redressa, ouvrant des yeux stupides. Sa haute taille, un peu voûtée, sa musculature de fauve maintenaient les autres dans le respect, même aux instants d'ivresse.

« Qu'est-ce que tu as dit, toi, l'Amalécite, à propos de Milès? Milès, c'est comme mon dieu, je ne veux pas qu'on y touche!

— Alors, par Zeus! touches-y toi-même avant les autres! C'est tout ce qui pourra lui arriver de mieux, car il est ici. Le voilà, au fond de la salle, maigri, hâve et changé. Regarde-le. »

Effaré, le géant se retournait, se frottait les paupières, croyait à une illusion, puis bondit, et jetant l'escabeau loin de lui :

« Milès, mon petit maître! » rugit-il d'une voix de tonnerre dans l'ostérium en révolution.

A son cri, un autre cri répondait : « Séir! Séir! »

Et ils s'étreignaient, stupéfaits encore.

« Mon père?... Séir! Que fait Elul? Et toi, comment es-tu ici? pour vendre l'huile sans doute?... Ah! si tu savais comme j'ai souffert loin de Byblos! Le temple où l'on m'a mis était une prison. Seul toujours! De la tristesse, de la nostalgie. Je voulais tant revenir! Je me suis sauvé.... Alors, ajouta Milès qui venait de se confesser d'un trait, elle m'a accompagné, Séir! Elle a été pour moi comme une sœur! Nous avons fait la route à pied, d'Attalée ici. Ici, je pensais trouver une barque remontant la rivière qui nous transporterait près d'Elul?

— Près d'Elul? interrogea Séir avec une expression d'ivrogne, mais si bizarre, si triste et si grotesque à la fois que, malgré sa faim, Milès éclata de rire.

— Séir, tu profites trop de tes voyages! Tu as pris du vin nouveau, Séir. Hein? si je disais cela à mon père? »

Mais voici que, brusquement, Séir éclatait en sanglots profonds, déchirants, qui impressionnaient bien plus encore, chez ce géant.

« Mon pauvre enfant.... Milès, mon petit faune, Milès, mon petit roi!...

— Quoi! » interrogeait Milès anxieux.

Alors Séir se calma, se tut, regarda l'adolescent et lui dit :

« As-tu du courage, maître? »

L'adolescent, sans rien répondre, attendait.

« Hé bien, Elul... Elul est mort ! Ta mère, ils l'ont assassinée. Kittim, sa rivale, l'a assassinée. Ta maison est en ruine.... Vois, je suis ici. Je ne vais plus à Byblos.... Ta mère, c'est Kittim qui l'a assassinée. Là-bas, c'est le désert ! »

Aux premiers mots, Milès tombait comme inconscient, foudroyé. Quand il rouvrit les yeux, ainsi qu'après un mauvais rêve, on entendait des vociférations et des luttes, et il vit Séir qu'on enchaînait.

Près de l'adolescent, le Phénicien criait : « A-t-on l'idée de faire des choses pareilles? Enlevez-moi cet Alexandriote de malheur et jetez-le aux ergastules, par les furies, pour qu'il cuve son baril ! »

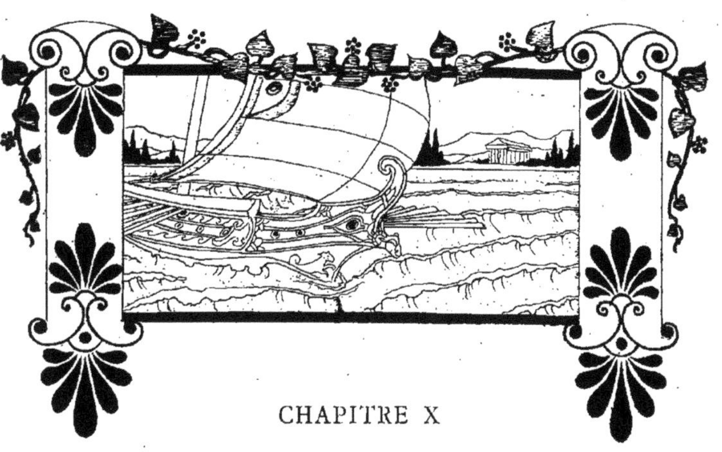

CHAPITRE X

Le soleil éblouissait d'or l'azur, tel qu'un caillou de feu tombant dans une mare d'eau profonde. Sur la place poussiéreuse où, par endroits, un palmier grêle fusait comme un jet, parqués aux rares coins d'ombre sous la garde d'affranchis, gesticulant et criant, des créatures par tas, hommes, femmes, enfants, pour la plupart recroquevillés sur les talons à la manière persane, attendaient, avec, dans le regard, je ne sais quelle fixité muette d'animal. De ce groupe se dégageaient des émanations d'humanité crasseuse, misérable et puante. Le Germain aux longs poils roux y voisinait avec le Scythe maigre et l'Éthiopien calciné. Des femmes carthaginoises caquetaient avec volubilité comme des poules, tandis qu'au bout de la place, des physionomies jusqu'alors inconnues, à l'épiderme jaune et aux étincelants petits yeux bridés, excitaient les curieux. On les disait venir d'une terre oubliée. Parfois un appel, un ordre, un coup, un cri, puis de sourds gémissements et le silence. Parfois aussi, devant le riche descendu de litière, on amenait, suivant ses désirs, quelques-unes de ces mornes victimes. On jetait à bas le bout de coton ou de toile qui couvrait leur nudité. On jugeait, on jaugeait, on marchandait. Parfois enfin, au milieu de ces visages de pauvreté, de souffrance et de honte, la jeunesse ou la beauté étincelait dans un sourire. C'était le marché aux esclaves. Milès finissait là. On lui avait confirmé les révélations de Séir. Il était orphelin, pauvre et abandonné. Dix ou douze veilles après la rencontre de Séir qu'en vain il avait cherché, l'âme en déroute, après avoir vendu le dernier fil d'or de sa tunique, après avoir tout essayé, on l'avait arrêté sous un vain prétexte, séparé de la mendiante qui l'étreignait d'un bras crispé, jeté aux fers, puis déclaré esclave.

Esclave! il préférait cela plutôt que de retourner vers Attalée, puisque pour lui Byblos n'existait plus. Et comme dérobé aux regards des acheteurs, perdu dans la douleur de ses rêves, l'adolescent, dont la beauté était rendue plus belle encore par la tristesse, ressemblait à ces statues indifférentes ornant les palais mutilés.

Comme on était au milieu de la journée et que les terrasses n'avaient plus d'ombre, un cortège déboucha sur la place comme pour se rendre au port. Il était composé de trois litières aux rideaux fermés à cause de la chaleur, et des joueurs de lyre se tenaient à côté des esclaves. Les guirlandes de fleurs flétries, l'éreintement des porteurs, le manque de verve des musiciens, aussi bien que les gestes désordonnés soulevant les rideaux indiquaient un lendemain d'orgie. Soudain, une tête chauve et barbue, on aurait dit d'un Silène, émergeait de la première portantine et faisait arrêter devant une porte aigrettée d'une branche de pin.

« Par le divin Tibère! faisait l'homme, très occupé une fois debout à garder son équilibre, un cratère de Chios ne nous fera pas peur! N'est-ce pas, philosophe? » cria-t-il en allant secouer dans les profondeurs de la seconde litière quelque chose qui y bougeait. Un grondement le faisait reculer.

« Grand Dieu! Il ronfle! gémissait l'assoiffé. Quel fils d'Épicure! »

Par bonheur, du dernier palanquin une voix jeune, fraîche, un rien railleuse, interrogeait:

« Où sommes-nous, Scopas? » Une main charmante aux doigts fins comme le col des vases tanagréens soulevait les tentures. — Par les dieux! encore devant une taverne! Se croyait-on à Suburre ou à Proclinium? Puis une exclamation de plaisir : Le marché aux esclaves! Et d'un bond la petite nymphe était sur pieds, rajustant, preste, ses colliers dérangés et laissant flotter autour d'elle des péplums légers comme de la fumée.

Elle avait la figure latine, petit front arqué de cheveux blonds, magnifiques yeux bruns un peu obliques, nez mince, droit et frémissant, bouche charnue et qui pour sourire s'aiguisait, menton pointu, piqué d'une fossette. Mais Briséis attirait surtout par sa couleur dorée, par une peau couleur de corail clair.

« Scopas, si ton ami Gratius Faliscus te voyait ainsi ivre, il te proposerait Écho pour verser le divin breuvage. Pendant que tu goûteras au nectar dans ce cabaret puant où tu ne saurais même pas faire respecter ta sœur la courtisane, je te chercherai Zeus l'improbable, parmi les puces et le soleil.... D'ailleurs, dépêche-toi, si tu veux profiter des vents propices.

— Ad primum morsum si non potavero, mors sum;
Gaudia sunt nobis maxima, quum bibo bis
Nona cherubinum...

Un hoquet interrompait Scopas. Alors d'une main lissant sa barbe que le festin avait rendue douteuse, de l'autre rajustant sa tunique sur ses mollets épilés, il entrait, sans plus répondre, dans la taverne et reprenait fièrement :

— Nona cherubinum pingit potatio nasum ;
Si dicies bibero, cornua fronte gero !

Un éclat de rire ponctuait le dernier vers. D'un joli geste comme pour braver l'ivrogne, la petite danseuse embrassait un esclave. Puis redevenue sérieuse et enjouée à la fois, elle commença son inspection. A mesure qu'elle approchait d'eux, les affranchis et les marchands la harcelaient de questions et de louanges.

« A toi qui es belle comme Cypris, il te faudrait cette fille de Tharse pour lisser ta chevelure....

— Non, prends donc cette Étrusque pour garder ton seuil contre les insolents et les mauvais payeurs....

— Cet éphèbe de Sparte !

— Une baigneuse d'Actium ?

— A mon secours, silence de Diogène ! » riait Briséis en montrant ses dents de louve, mignonnes, pointues et fraîches....

Ce fut ainsi qu'elle arriva presque en face de Milès. Milès avait assisté muet et impassible à toutes ces scènes. Il gardait son expression nostalgique et voluptueuse d'abandonné.

Sans l'avoir vu, elle allait le dépasser et regagner sa litière, quand une vieille femme dépoitraillée, qui la regardait d'un air envieux, lui jeta, sardonique :

« Prends-le donc, celui-là, pour être ton amant ! »

A ce cri Milès leva les yeux et ses regards se rencontrèrent avec ceux de la petite Romaine, tellement tristes et implorants que, tout de suite, la courtisane, d'abord prête à d'aigres réponses, se tut et de pitié lui sourit.

De pitié et d'admiration ; maintenant une idée folle lui traversait l'esprit.... Briséis s'approcha du licteur qui surveillait les captifs, établit le prix auquel on pourrait céder Milès, puis, rapide comme la libellule, se dirigea vers l'ostérium d'où fusaient, lourdes et enrouées, des chansons.

Elle en ressortit bientôt, tirant comme un paquet le vieux Scopas, qui pérorait plus que jamais.

« Je n'ai pas pu te trouver Zeus, raillait-elle, mais voici Endymion ! »

Scopas, ivre comme un augure, voulait à toute force réveiller son compagnon le philosophe, lui criant que des héros l'attendaient....

« Pas besoin de personne, répliqua Briséis arcboutée pour le soutenir. Regarde ce petit et, s'il te plaît, achète-le ! »

Scopas, malgré que son estomac fût l'outre de Bacchus, eut la force et l'idée d'examiner Milès à travers un gros cristal monté en loupe.

« Il a un air bien dominateur pour un esclave....

— Mais il est bien beau pour un mortel.

— Soit ! Éphèbe, veux-tu venir à Athènes ? Si tu t'engages à me bien servir, par les dieux, je t'élèverai un temple à toi seul, car je suis architecte, et ma mauvaise réputation est inattaquable : Je suis Scopas l'Apoxyomène ! »

Milès ne répondait pas.

Alors, sur les instances de la courtisane qui derechef souriait, l'homme fit un signe à l'intendant, compta les drachmes d'or au scribe ahuri ; puis, indiquant sa litière à Milès, il lui dit :

« Monte là. »

Ceci fait, aux porteurs il cria :

« Allez à la plage Insueta, près du phare, et déposez-nous, augustes, devant la plus riche galère. Vive la folie !... Je suis César ! »

CHAPITRE XI

Athènes ruisselait de clarté dans sa robe de pierre ; c'est par un jour pareil que les dieux étaient nés....

Debout sur les marches de l'Acropole, Scopas, à la face rubiconde, riait avec Milès, devenu son affranchi : et ce rire était un rire d'amour. Autour d'eux la vie heureuse bruissait. Les vendeurs de figues et de caroubes, à moitié nus, accroupis sur les dalles, dans des coins d'ombre bleue, criaient leurs étalages à voix aiguë. Des changeurs discutaient derrière leurs tonneaux, chiffrés de caractères latins ou perses. Juché en haut d'une borne, quelque avocat sans cause recrutait des clients, tandis que deux rhéteurs raillaient les contorsions d'un Égyptien grêle, danseur d'Isis. Plusieurs chuchotaient au passage de l'architecte, célèbre autant pour sa maîtrise que pour ses mœurs aimables et scandaleuses. Sur tout cela, un soleil d'été cinglait, droit, par grandes flèches d'or. L'air embaumait de l'odeur des myrtes et des lauriers roses qui croissent au fond des ravins brûlés. Comme venait l'heure méridienne, un appel brutal de trompes retentit. Après, il y eut une seconde de calme : on entendait le crissement sec des cigales.

Scopas venait de sacrifier, sur le conseil des sibylles, un agneau noir et des colombes pour remercier Pallas. Il rendait grâces, à cause de l'achèvement d'une œuvre qui devait encore ajouter à la gloire de Zeus : Son temple à Ganymède. Et maintenant, purifiés selon les rites, ils descendaient, incertains d'où ils iraient, vers les murmures de l'Agora, l'Apoxyomène à la tête blanche soutenu par l'éphèbe à la tête brune, ainsi que Pindare, jusqu'à la tombe, fut guidé par Theoxénos.

Aussi bien, arrivé en face des Propylées, Scopas, jusque-là silencieux, proposa-t-il d'aller voir les fresques d'Ictinus.

Sur l'acquiescement du jeune garçon l'artiste se sentit soudainement heureux. Car si l'Olympe lui avait été favorable et le protégeait, si le renom lui était venu après avoir bâti à Syracuse un palais au Tétrarque qui l'avait couvert d'or, la fin d'une vie laborieuse se couronnait par un chef-d'œuvre. Ainsi le peuple athénien avait-il consacré le nouvel édifice, dédié à la Jeunesse, dans l'intérieur duquel Ictinus peignait encore. A ce trophée, à cette fleur jaillie du marbre, Scopas joignait la plus jolie des fleurs humaines : Milès. Et rien n'est si doux que d'unir la gloire aux baisers....

Ils se dirigèrent donc vers les rostres de l'Erechtheïon où l'on trouve des esclaves pour porter les litières. Justement, en face d'eux, à l'horizon clair et crépitant d'azur, la colonnade hardie du Temple profilait sa dentelle fuselée, que Scopas avait brodée avec ses rêves. Les lignes pures du monument, bâti en dehors de la ville, au flanc de la colline sacrée, se détachaient parmi les arbres, sur le ciel vaporeux. Ayant trouvé les porteurs, ils montèrent et s'étendirent sur les coussins larges que raillaient les disciples de Diogène, furieux d'austérité. Aux côtés de Scopas, Milès prit place. Enveloppé de voiles légers, il ne montra plus d'entre les lins de ses chlamides qu'une tête charmante, autour de laquelle brillait un réseau d'argent pareil à quelque fil de lumière. Et les yeux aux cernures cendrées luisaient dans tout cela, des yeux bleus railleurs, mélancoliques et pâles, pâles comme de l'eau gelée.

Des curieux, s'étant approchés malgré les gardes, admiraient la beauté du favori, déjà fameuse. A cause de sa peau transparente sous laquelle le sang coulait comme sous du verre, comme sous un verre embué et presque opalescent, on l'appelait : « le petit dieu d'argent ». Et la légende voulait, car il y avait déjà une légende sur cet enfant de quinze ans, que Milès, arrivé de Byblos l'an passé, de Byblos où on le disait fils d'un roi, avait été vendu contre une somme fabuleuse à l'Apoxyomène ivre, Denys de Corinthe ayant offert deux mille talents pour son premier baiser. On prétendait aussi que, malgré sa grande beauté, il n'avait jamais su rester fidèle à l'amour de ses amants, et que Scopas, jaloux, en souffrait. Depuis longtemps d'ailleurs, personne n'avait vu Milès, que le vieil artiste gardait presque captif en son palais. Et peut-être, à cause de cette servitude, l'adolescent paraissait-il plus rêveur et plus découragé....

De la litière en bois précieux, Milès semblait étranger à lui-même, ayant laissé son âme au pays oriental d'où il était venu. Sous les regards, au milieu de la populace observatrice, aucun muscle de son mince visage ne tressaillait. On eût dit qu'il accueillait avec le silence énigmatique des idoles les murmures confus, les hommages obscurs qui montaient autour de lui, comme le soir, droites, montent les fumées....

Et seules, les palpitations des paupières jetaient un peu de vie dans ces prunelles en exil.

A présent le cortège s'ébranlait. D'un autre point, voisin du Stade, partait l'éclat acide et strident des cymbales, signalant d'autres sacrifices, et l'arrivée d'autres adorateurs. Les joueurs de flûte qui précédaient les inconnus soufflaient dans leurs roseaux les rythmes consacrés aux courtisanes. Effectivement, comme les porteurs de Scopas arrivaient en face des Propylées, sur la route du temple à Ganymède vers lequel se dirigeait l'architecte, ils croisèrent Briséis, la danseuse aux crotales, que Scopas avait abandonnée depuis le retour de Cnide, où elle avait trouvé Milès. Elle suivait leur route et les dépassait; écartant les rideaux sans mot dire, elle jetait au favori un regard où veillait une involontaire admiration. Elle fit même un signe bref à Milès, que Scopas n'aperçut point. Le vieillard crut que le jeune garçon demeurait indifférent, car nul frisson n'agita le corps délié, et les yeux gardèrent leur expression lointaine.

Rien de ce qui passait et vivait, rien de ce qui passait et souriait, rien de ce qui passait et pleurait n'arracherait donc Milès à ses songes? Aux seuls instants où l'Apoxyomène, transporté de douleur et d'amour, lui disait sa beauté et cueillait sur sa bouche froide, en caresses que l'éphèbe ne rendait jamais, l'inspiration haletante des chefs-d'œuvre, à ces seuls instants-là, Milès palpitait d'un plaisir solitaire. Comme penché sur un miroir invisible, sans bouger par crainte de détruire son image, l'adolescent chantait alors, avec une voix étrange, des musiques de là-bas....

Mais aussitôt après, il reprenait le calme des statues. Et c'était le Jeune Homme et la Mort....

Pourtant, comme ce jour semblait doux, propice à la vie!

La lumière dorait la poussière fumante. Ils avaient dépassé les murs de Pausanias et arrivaient au jardin d'Academos. De là, en se tournant à peine, Scopas découvrit la ville bigarrée, comme transparente, tant l'air était pur et les ombres limpides. Du Parthénon, traînait sur les quatre vallées une somptueuse broderie de marbre au centre de laquelle comme l'agrafe d'un peplum se ciselait le colosse d'Athena Promachos avec sa lance de vermeil. Les vignes vertes, les mûriers épineux, les oliviers gris tachaient çà et là les maisons, bordées ensuite par la blonde campagne. Au lointain c'était le profil bleu des derniers contreforts de l'Hymette. Plus loin encore, une nappe brillante, semée de nacre et d'argent : la mer.

Des voix troublèrent Scopas dans sa contemplation. Il écouta, regarda et reconnut le vieillard chauve qui, près d'eux, parlait. Entre les aloès et les lauriers, assis sur un rocher, le philosophe Albas entretenait ses disciples, et seules les abeilles continuaient à bruire des ailes quand il élevait la voix. Déjà courbé par l'âge, le rhéteur gardait le visage serein et sceptique qui reflétait ses doctrines. Les complots, les dénonciations dont on voulait le perdre ne paraissaient point avoir troublé son repos.

L'architecte tenait Albas en si grand respect qu'il le salua au passage, puis, interrompant sa course, fit arrêter les porteurs et descendit, suivi de Milès.

« Que Zeus te protège! dit l'Apoxyomène au philosophe, et qu'il t'accorde la pensée, source de tout bonheur. La terre est assez belle pour que tu parles du ciel!

— Crois-tu donc que le bonheur vienne de la pensée, répondit Albas. Il me semble que c'est la pensée qui vient du bonheur. »

Il se tut, réfléchissant; puis il murmura :

« Les destins nous dispensent la joie ou la tristesse. La tristesse enfante le rêve et la vaine poursuite des désirs. La joie, au contraire, nous donne conscience de la vie. Vois comme une feuille est jolie !

« Nous devons rechercher le bonheur et l'amour.... Si l'on supprimait l'amour de cette terre, aucune force ne subsisterait plus. La haine elle-même disparaîtrait.... Il y a, je crois, deux secrets de bonheur : Le premier, c'est d'exiger beaucoup de soi et très peu des autres.... Le second, c'est... de ne pas en parler.

— Mais, n'as-tu pas enseigné, ô Maître, que la seule vertu résidait dans le sacrifice et dans l'oubli de soi-même ? N'est-ce pas là l'antithèse de l'amour — cet égoïsme. — Et n'est-ce pas là une contradiction ?

— Qui est le propre des philosophes, murmura l'un des disciples à l'oreille de l'Apoxyomène.

— Non point, assurait Albas ; l'amour, c'est le bonheur d'un autre réservé pour soi-même. Afin d'assurer ce bonheur-là, beaucoup vont jusqu'au propre holocauste. D'autre part, l'oubli de soi permet au prochain d'être satisfait. C'est par comparaison avec toi qu'il se juge et c'est par contradiction qu'il le ressent. Si la fortune te sourit, accueille-la de bras indifférents. Elle est instable comme l'arc-en-ciel.

— Quel sophiste ! maugréa quelqu'un.

— Veux-tu donc établir, continuait l'architecte, que mon voisin fondera son plaisir sur mes peines ?

— Probablement, répondit Albas. Écoute plutôt. Aux dernières fêtes de Dyonisos je fus témoin de l'incendie qui arriva lors de la course des chars. Le feu se déclara dans l'enceinte des jeux et les gradins en un instant furent couverts par le velum ardent. Mille personnes périrent là, étouffées par les vapeurs, calcinées par les flammes. On ne pouvait rien, car c'était l'époque de sécheresse. Et seules des lamentations horribles s'élevèrent vers les cieux. J'étais là, contemplant cette misère humaine. A côté, un étranger vêtu à la mode tyrienne semblait prendre un intérêt restreint à la catastrophe. Je m'approchai et lui dis : « Je souhaite que vous n'ayez connu personne parmi « ceux qui meurent là ?

« — Je ne les connais point et cela m'est égal, me répondit-il en « très pur athénien. Mais si je les connaissais, quel plaisir ! »

— Ton histoire est cynique, s'écria Scopas. Mais elle est humaine. Le reste n'a pas d'importance. Et puisque tu lis subtilement dans les âmes et que tu les guéris de leurs peines intérieures, dis-moi ce qu'il faut faire pour égayer cet enfant.... »

Il montrait Milès, qui sans souci du dialogue s'était avancé sur un promontoire d'où l'on découvrait la ville de Pallas. Son fin profil aigu, au menton volontaire, se détachait sur le ciel rouge, et les cheveux épais, en grappes triangulaires, donnaient à ce profil l'apparence d'un sphinx. Sans une parole, Albas se dirigea vers l'éphèbe, qu'il considéra longuement, tandis que pour le philosophe Milès n'avait pas un regard. A peine une hésitation dédaigneuse errait-elle sur ses lèvres.

Le soleil se couchait sur la mer, entourant la figure de l'affranchi d'une auréole d'or où pleuvaient des pétales de lumière. Derrière Milès, le sertissant d'un cadre unique, la colonnade élevée par l'Apoxyomène semblait dans ce crépuscule diviniser l'adolescent.

« Dis-moi ce qu'il faut faire pour égayer cet enfant, répéta le vieillard anxieux.... Je souffre et je l'aime !....

— Il est trop beau pour te sourire, murmura enfin Albas mélancolique, et ce n'est point à Ganymède que tu aurais dû dédier tes pierres !... »

CHAPITRE XII

Il était tard lorsqu'ils arrivèrent près des chantiers, et les chouettes aimées de Minerve hululaient déjà dans l'obscurité. Les esclaves se retiraient du travail et, après le repas du soir, commençaient à dormir, soit dans les caves des carrières voisines, soit à la belle étoile, sur les bruyères odorantes, car la saison était douce.

Le bruit des marteaux avait cessé, les scies ne grinçaient plus en rongeant les flancs du marbre et, seuls, les béliers aux têtes de bronze, les leviers aux poulies d'airain dressaient sur le ciel obscur leur échafaudage brutal. Scopas, du reste, ne venait que par habitude et par patient amour, curieux à chaque minute de voir surgir ne fût-ce qu'une pierre neuve. Quant à Milès, c'était sa première visite, mais nul n'aurait pu deviner quelque impression au fond des beaux yeux calmes.

Descendant de la litière, l'architecte donna l'ordre aux porteurs de les attendre, l'éphèbe et lui, aux portes du bois sacré. Comme la lune se levait, énorme et jaune, derrière les montagnes, il entra, seulement accompagné de Milès, dans l'enceinte des travaux, marchant sous des lauriers en fleurs. Leurs branches ciselées se détachaient sur la voûte immatérielle de la nuit, cachant capricieusement les planètes. Parfois un souffle de brise passait, mélancolique et tiède. Les buissons caressés avaient un bruit de mousseline ou de perles, évoquant comme un murmure de coryphées. Scopas, tour à tour inquiet et joyeux, atteignit bientôt les premiers portiques. Milès le suivait. Un instant, le vieil artiste tourna la tête, croyant que l'enfant lui parlait. Ce n'était que le vent dans les feuilles....

Alors, les paroles d'Albas lui revinrent en mémoire, et l'Apoxyomène soupira.

Cependant la colonnade, surgie de l'ombre, rassérénait ses pensées. L'âme, que si peu d'humains avaient comprise, palpitait dans les marbres insensibles. Qu'importait l'amour des mortels ? N'avait-il pas là une sorte de paternité mille fois plus noble et mille fois plus durable ?

Lorsqu'il apparut, imprévu, devant la maison de Plinius, le Romain qui surveillait les chantiers, il fut accueilli avec l'empressement un peu étonné dû à un maître que l'on n'attendait pas. Les cratères de vin furent apportés et, la vendange étant proche, Scopas mangea avec Milès le raisin poissé et frais. La collation terminée, il se leva, prétextant une inspection à faire, donna congé à Plinius et aux esclaves, satisfait de pouvoir montrer seul et pour la première fois son œuvre à Milès, en même temps que les fresques d'Ictinus. Ainsi qu'il en avait eu la vague certitude dès son arrivée, l'endroit semblait apaisé, endormi. La sérénité de la nuit d'orient enveloppait tout cela.... Soudain, Scopas s'arrêta, étonné : une lueur tremblait, rouge à côté du clair de lune. Il s'approcha, recommandant à Milès de ne faire aucun bruit, d'assourdir ses pas.

Sous la voûte immense toute revêtue de marbre sombre, en face des murs sur lesquels déjà se déroulait en peinture une partie de la légende immortelle de Ganymède, un homme d'une trentaine d'années se tenait, assis sur un échafaudage et broyant des couleurs.

Les torches qui brûlaient en dégageant l'odeur végétale et amère de la résine éclairaient par lampées brusques son visage énergique, dont la beauté était restée très pure et très jeune. Cet homme c'était Ictinus, l'artiste célèbre d'Hypogée. Devant lui, sur une haute stèle, une femme debout, au corps presque androgyne, posait, le visage voilé. Mais, soit que le modèle ne servît plus au peintre, soit qu'il s'absorbât momentanément dans d'autres préparatifs, il semblait que l'homme l'avait tout à fait oublié, comme il oubliait l'heure.

Un pas encore et, au bruit des sandales sur le seuil, Ictinus s'était retourné, saluant l'architecte d'un air assez embarrassé.

« Toi ici, à cette heure? interrogeait Scopas, sans remarquer l'éclair qui luisait dans les yeux de son petit affranchi.

— Oui, maître.... je n'ai rien fait de bon, pendant la journée. J'ai dû abandonner mes esquisses, continua-t-il avec, dans la voix, une rage contenue. Je n'ai trouvé personne qui soit assez beau pour réellement inspirer.

— Le visage des dieux peut-il se rencontrer sur terre? répondait, presque railleur, Scopas. Alors, tu as pris cette femme?

— Pour dessiner l'Aphrodite dont Ganymède s'énamoure au banquet de Zeus. Vois, elle est belle et son corps mince diffère à peine de celui d'une vestale.

— Et que dirais-tu de ce modèle-ci? insinuait l'architecte avec un sourire; je l'ai amené pour qu'il voie tes talents. »

Et de lamain, il entraînait Milès en pleine lumière.

« Ah! maître, si je l'avais, dit Ictinus après un assez long silence observateur, mes fresques vivraient, à moins que je ne meure!... Quels merveilleux regards!... Tout ce que j'espérais rendre, sans y avoir réussi, se concentre dans ces yeux-là : le défi, l'enivrement, la victoire et l'extase.... Il est d'Asie, continuait Ictinus. A son teint, à ses cheveux, on reconnaît cela....

— Milès vient de Byblos, murmurait Scopas, ravi dans son for intérieur de cette admiration contenue.

— Curieuse destinée! La femme aussi a visité ces pays-là. Elle me le disait tout à l'heure, avant que vous n'arriviez. Originale, d'ailleurs. Il lui a plu de découvrir son corps, mais croirais-tu, Scopas, qu'en posant elle n'a jamais ôté le voile qui lui cache le visage?... Cet éphèbe est beau comme la lumière!... concluait-il.

— Respecte-le, par Éros! sinon je te voue aux Érinnyes, répondait, très gai, l'architecte. Quant à la pose qu'il pourrait t'accorder, demande-la lui. Toi, j'insiste; toi-même. L'enfant est versatile. Jamais il ne livre sa pensée. »

Il dit et, souriant, murmura quelques mots à Milès. Alors le petit affranchi, sans même attendre la prière d'Ictinus, sans aussi qu'un pli de son visage manifestât la moindre crainte ou le moindre plaisir, fit descendre la femme de la stèle, puis, prenant sa place, se dévêtit lentement dans la pénombre dorée.

Assez maître de lui pour cacher son angoisse, Ictinus attendait, regardant avec délices les blancs vêtements légers qui tombaient aux pieds de Milès comme des ailes lasses....

Lorsqu'il ne fut plus couvert que d'une ceinture de toile, l'adolescent interrogea des yeux l'Apoxyomène, qui lui souriait d'amour, dans sa barbe blanche. Il hésitait, ainsi qu'à contre-cœur.... Mais, comme le vieil architecte consentait, il dénoua l'étoffe fine qui lui ceignait les reins et sa nudité radieuse apparut.

La tête splendide de pureté, avec le front bas tout ombragé de cheveux drus, bouclés sur les yeux clairs, se détachait plus nerveuse encore et plus altière sur le cou veiné qui l'unissait à la poitrine blanche, au torse cambré. Une petite ligne brune faisait collier, séparant du corps pâle le visage et la nuque, mordorés par le soleil. Les épaules un peu étroites, à la peau moirée, indiquaient la grande jeunesse, ainsi que les bras, mal habitués aux violents exercices, et presque trop maigres. Mais les hanches polies, ombrées par la puberté saine, le sexe rond et ferme comme un fruit, les cuisses dures, les mollets élancés disaient quel mâle s'éveillerait dans cet enfant, aux jours de la force prochaine.

Ictinus, halluciné, demeurait là, oubliant de ramasser ses pinceaux, de préparer ses charbons.

« Eh bien! l'Hypogète, que fais-tu là? demanda Scopas qui, lui aussi, demeurait frappé par tant de beauté.

— Moi? » balbutiait le jeune peintre....

Puis fiévreusement, arraché d'un coup à sa contemplation, il saisit sa palette, broyant, mastiquant, dessinant. Une subite facilité lui venait, d'avoir à interpréter la vie en place d'un songe. Car c'était bien le corps robuste et juvénile qu'il désirait, l'alliance de la force et de la grâce, la pose charmante et abandonnée que Milès, de lui-même, avait prise.

En un instant, il reconstituait sa composition, lavant les panneaux à grands gestes rageurs et précipités. Scopas le regardait se battre avec son inspiration. Petit à petit le thème se transformait, l'apparition surgie comme d'un rêve se fixait sur la fresque en contours imprécis d'abord, puis certains, infaillibles, magnifiques. Seule l'expression manquait encore au visage, le sourire, ce sourire extasié, surhumain qui, sur la bouche de Ganymède doit paraître défier la mort.

Or, Ictinus, acharné au travail, épiait quand même ce sourire Il interrogea Milès, le priant, le suppliant, lui qui avait bien voulu poser, de bien vouloir sourire. Peine perdue. L'éphèbe gardait le même air mélancolique dont toujours ses prunelles s'attristaient. Ictinus, alors, crut pouvoir l'imaginer, transformer par ses moyens propres le visage immobile qui se refusait à la joie.

L'Apoxyomène, fiévreux lui aussi, avait fait apporter, en réveillant les esclaves, de nouvelles lumières, des fruits et du vin. Un souper improvisé réunissait le peintre, l'architecte, l'éphèbe et la femme inconnue qui, maintenant, parlait à Milès, à voix douce et contenue, en dialecte d'Asie....

. . . .

Vingt fois Ictinus, se levant de la table, esquissa, puis effaça le sourire immatériel. Son bras s'alourdissait et sa vision devenait moins nette.

Alors vaincu, désespéré, il renonça, maudissant en lui-même ce bel enfant implacable.

Les torches finissaient de brûler, jetant sur le proscénium du sanctuaire des lueurs de sacrifices. Pendant que Milès, énigmatique, remettait ses vêtements sur un signe de Scopas, l'architecte et Ictinus sortirent pour voir la nuit....

Au loin, Athènes luisait doucement, nimbée du ciel calme où les étoiles tressaillaient. Par un pareil clair de lune, Daphnis avait dû pleurer de tendres larmes....

Barbouillé comme Bacchus, joyeux comme Pan, Scopas respirait bruyamment....

« Par l'enfer, qu'il fait doux! déclarait-il.... Voyons l'Hypogète, pas besoin d'évoquer les Furies! Il te sourira bien un jour, mon Asiatique.... Des baisers? on les prend, malgré lui.... Tiens... vous autres qui ne croyez qu'aux femmes, vous me faites pitié.... Mais grappillez donc à tous les plaisirs.... C'est aimablement ivre, le front couronné de fleurs suaves, qu'il fait bon chercher le bonheur. Ainsi toi... l'as-tu trouvé? Et a-t-elle un pois chiche sur le nez, ton modèle, ton amoureuse... pour la cacher ainsi?

— Mais qui t'a laissé penser que cette femme soit mon amoureuse, répondait, fâché, Ictinus. Veux-tu savoir qui c'est? Ne l'ébruite point. C'est Briséis, la danseuse, tout simplement. Et tu la connais de réputation? Elle ne sacrifie qu'à Sapho, après t'avoir quitté.

— Parbleu! Mais nous l'avions rencontrée en venant. C'est elle qui m'a fait connaître l'enfant... Vite, que je la démasque! Il y a longtemps qu'elle pose?

— Depuis huit veillées.... Une fantaisie à ce qu'il paraît. Elle prétendait d'abord me servir pour Ganymède même.

— Peste! Pourquoi ne pas se coudre un phallus?

— Elle adore les découdre aux autres.

— Comment? Aussi? Elle m'a tant refusé! Ah çà! tu aurais bien pu me prévenir. Où est Milès? Je ne tiens pas à rester ici.... Où est Milès, » répétait Scopas avec l'obstination des grands hommes et des ivrognes.

Mais le silence seul lui répondit et l'ombre plana, plus dense, les torches étant brûlées. Alors ils hélèrent un esclave qui, après un assez long moment, surgit, les yeux boursouflés, avec une lanterne à la main, comme Amphitryon.

« Je mourrai d'émotion, avec ce garnement-là, grondait

l'architecte. Il se moque, ou il s'attriste, ou bien il disparaît; pas de milieu.... Aristophane a raison de se railler de nous ! »

Également inquiets, ils traversaient les portiques, arrivant au proscénium, près de l'endroit où tout à l'heure encore l'éphèbe posait.

« Par Zeus, il ne fait que dormir ! » s'exclamait rasséréné l'Apoxyomène.

Ils l'aperçurent à terre, en effet, gisant, le bras plié sous sa mignonne tête. Vaincu, sans doute, par le vin et par la fatigue, il s'était assoupi. Ictinus, cependant, ne put retenir un cri de joie et de triomphe. Milès, les yeux clos par la belle main des rêves, avait, sans encore sourire, perdu son expression mélancolique, et ses lèvres écartées ressemblaient aux glaïeuls d'Épire, quand la rosée y tremble.

L'artiste, se précipitant sur les fusains, sur les pinceaux, voulut fixer l'abandon adorable. Mais, hélas ! au bruit qu'il avait fait, l'enfant rouvrait les yeux, et ses regards se chargeaient d'une telle ironie triste qu'Ictinus s'arrêtait, n'ayant qu'entrevu son chef-d'œuvre.

Là-bas, pourtant, sous les prunelles amies des étoiles, les paupières closes pour mieux se souvenir, avec sur la bouche le parfum du dernier baiser, Briséis fuyait, initiatrice solitaire et ravie, et ses flancs recélaient le trésor des vierges.

CHAPITRE XIII

Le lendemain était jour de fête et de libations. Dans la Grèce entière et surtout vers la rive athénienne, les vendanges commençaient par des prémices offertes à Dyonisos. Les villages, les cités, les sanctuaires, les oracles se remplissaient d'une foule bariolée et grouillante de prêtres, d'esclaves, d'histrions et de lutteurs, impatients de célébrer les Bacchanales. Et c'était, d'un bout à l'autre de la Terre Sacrée, fragrante de la senteur âcre des treilles, un long frisson orgiaque dans lequel semblaient bruire le galop des faunes en rut, la plainte des nymphes renversées, le rire de Pan, aigu comme un fifre.

Ictinus l'Hypogète, après une nuit passée en rêves nerveux, s'était rendu de bon matin au Temple, tâchant d'évoquer sur les murs couverts d'esquisses l'apparition de la veille. N'était-ce pas une allégorie vivante, d'ailleurs, que ce jeune garçon aux yeux clos qui refusait son sourire à la vie? Pareil à

Ganymède, il ne consentait à s'approcher des dieux qu'après un essor, en rêve, jusqu'au ciel. Malgré son acharnement et ses labeurs, l'artiste ne put pas retrouver ce je ne sais quoi d'idéalement tendre et triste dont les lèvres du gamin s'étaient épanouies. Le jour se passa en recherches vaines, en rancunes mal dissimulées, en efforts interrompus par l'aigre sautillement des grelots bachiques, et par la mélancolique voix des flûtes de roseau.

Quant à Briséis, elle n'était pas revenue....

Le soir arriva, avec son habituelle frénésie du crépuscule. Maintenant, à travers la campagne, les hordes déchaînées des esclaves ivres, des ilotes abrutis de boissons, chargeaient, cheveux au vent, langue pendante et gestes fous, se culbutant dans la poussière, ou sur les foins, avec des femelles. Un couple avait enjambé la barrière et vint se colleter presque sous les yeux d'Ictinus. Les feuilles de laurier s'empourpraient des derniers rayons de soleil, et la terre semblait rouge, elle aussi. L'homme avait renversé sa proie par terre et la traquait comme on traque une bête. Des lueurs vibraient au fond de ses prunelles. La victime hurlait en demandant grâce... ou suppliait pour de nouvelles blessures. Mais il se jeta dessus, jusqu'à ce qu'elle semblât morte. Puis il s'en alla, cauteleux, haletant, épuisé. Dans les trépieds de bronze, autour du temple vide, les charbons ardents fumaient recouverts de myrrhe.... Sur les trépieds était inscrit le nom d'Éros....

Tout à coup, un bruit fit tressaillir Ictinus. Des pas. Peut-être le gardien Plinius revenu de la fête? Peut-être des intrus comme tout à l'heure? Des pas encore.... L'Hypogète se préparait déjà à sortir, à voir, à chasser au besoin les importuns (ne viendraient-ils pas le troubler de leurs hoquets d'ivrognes), lorsqu'il aperçut une forme voilée, légère ainsi que celle des prêtresses de Diane, qui s'avançait hésitante, la tête un peu baissée....

Ce devait être une des danseuses d'Académos qui voulait, sans se révéler, goûter la fraîcheur de la nuit, ou, encore, quelque figurante des cortèges orgiaques, venue là, cueillir des fleurs pour la couronne d'un jour.... Jolie sans doute, à coup sûr merveilleusement fine et déliée, ainsi que l'accusaient les chevilles et les poignets cerclés de lourds anneaux d'or. Mais bah! que lui importait l'inconnue, arrêtée d'ailleurs près d'un bosquet de jasmins? Or, voici que la voyageuse reprenait sa route, précisait son chemin et qu'en même temps une autre forme blanche apparaissait, celle-là reconnue instantanément par le peintre : Personne dans Athènes n'avait ce profil excepté Briséis.

« Par Mercure! pensait Ictinus en se dissimulant mieux encore derrière une des tables de sacrifices, je comprends son absence, c'est le soir de Lesbos! »

La danseuse, cependant, avait rejeté l'écharpe qui la voilait, et comme un rayon de lune fragilement glissait du ciel, elle courut, légère, jusque vers l'amie. Elle la prenait dans ses bras, couvrant de baisers la mousseline qui séparait ses lèvres des autres lèvres, et ces deux fantômes, quasi aériens dans leur étreinte, apparurent au peintre comme un jet d'eau immobile.... Puis Briséis à doigts fervents écarta le tissu nacré derrière lequel tremblait un visage.... Elle se pencha presque, aspirant dans une seule et longue caresse toutes les effluves de son désir.

Quand elle se releva, muette, extasiée, et les paupières battantes, Ictinus fiévreusement s'était démasqué; Ictinus ne put retenir un cri, cri de surprise, d'effroi et de rage : Car sur le sein de la courtisane, c'était Milès qui palpitait!

Au son âcre de la voix, reconnaissant le peintre, Briséis,

épouvantée, s'était enfuie. L'éphèbe, immatériel et triste, demeurait plus bel encore dans le recueillement nocturne; seulement ses yeux profonds se fixaient sur l'Hypogète, et, sous la lune froide, sa tête à la chevelure hiératique évoquait la face des génies éternellement jeunes, qui, autour de Babylone, veillent près des tombeaux....

Le regard de l'adolescent était tel, qu'après quelques pas, Ictinus tombait à genoux, par ce geste avouant, sans une parole, son amour et son esclavage, ainsi que l'on dénoue aux pieds du maître une étoffe remplie de fleurs....

Puis, comme le silence les enveloppait de son aile tendre, le jeune homme se redressa, allant vers Milès dont il prit la main délicate pour la porter à son cœur.

« Me pardonneras-tu... me pardonneras-tu? murmura-t-il enfin.... Je ne savais point que tu serais dans les bras de cette femme. »

L'éphèbe ne répondait pas; alors, Ictinus ajouta :

« Tu l'aimes donc? »

Milès couvrit l'Hypogète d'un regard plus triste. Il voyait, apparemment, une douleur si grande, une angoisse si forte dans le visage de celui qui l'interrogeait ainsi, que, muet, il secoua la tête.

« Oh, tu dois l'aimer! L'autre soir déjà j'avais des doutes.... Pourquoi ne point me le dire... tu dois l'aimer!

— Je n'ai jamais aimé personne, dit enfin Milès. Briséis a connu ma patrie. Elle m'en parlait avec une voix douce, surtout au moment des baisers. Elle m'a sauvé de l'esclavage en Attalée. Voilà pourquoi je l'écoutais. Voilà pourquoi j'ai quitté Scopas. Puis elle m'a traité comme me traite l'Autre. Elle se sert de moi pour son désir. Mon âme est loin.... Elle ne s'est rapprochée que lorsque Briséis évoque Byblos : Alors je me rappelle et je pleure... Et c'est la seule joie de ma vie !

— Tu n'es donc pas heureux avec Scopas ? L'Apoxyomène est riche, pourtant.... Il est bon.... Tu devrais être fier de son génie.... Pourquoi le tromper, et que va-t-il penser de ta fuite. Ne t'accorde-t-il pas tous tes caprices ?

— M'a-t-il jamais accordé celui d'être libre et de partir, continua l'éphèbe en soupirant. Et toi, ne sais-tu point que je vis en prison ? Les barreaux sont d'or pur, les larmes se mêlent aux perles de mes colliers.... Mais que ne donnerais-je pour les guenilles d'un pâtre, qui chante, à lui seul, son hymne dans le soir !

— Cependant la tendresse dont on t'entoure, ne la sens-tu point ?

— Elle me fait horreur ! Oui, répéta Milès en s'animant peu à peu, elle me fait horreur, cette tendresse, car ceux qui vivent autour de moi ne me donnent en échange de ma jeunesse que le vice, que le dégoût et que l'amertume de leur cœur, que leur égoïsme. Si je te racontais mon passé, si je te disais tout cela, tout cela... peut-être comprendrais-tu ma révolte intérieure. Mais nous avons besoin de croire, d'être gais, fébriles et enthousiastes, nous autres qui n'avons pas vingt ans ! Écoute : lorsque Scopas m'a emmené comme un butin loin de mon ciel et de ma patrie, d'aucuns, touchés, me parlèrent de la civilisation splendide d'Athènes et se réjouirent presque de me voir parmi eux. Parmi eux... oui ! mais comme un esclave. Alors, après les humiliations, les coups, les marchandages, je me suis cru sauvé quand Scopas m'a voulu. Hélas ! ses caresses étaient pires que des coups — comme les baisers de Briséis sont pires que les chaînes. On peut relever la tête quand le fer vous blesse. Mais l'or qui vous étreint ?

— Si je te disais pourtant que je suis là dans l'ombre, murmura le peintre, et qu'un signe de ta main suffit à m'agenouiller, ne me croirais-tu point ton ami?

— Non, Ictinus, car j'ai vu luire dans tes yeux la passion que tu ne veux pas dire, l'aveu que tu ne m'as point fait.... Qui sait même, ajouta-t-il, rêveur, si, déçu dans ton espoir, tu n'iras pas un jour vers Scopas lui dire ce dont tu fus témoin entre moi et Briséis?

— Je savais que tu ne m'aimais pas! s'écria le peintre, j'ignorais que tu me méprises au point de supposer une pareille chose de moi. Mais, murmura-t-il découragé, à qui donc, alors, réserves-tu le trésor de ton cœur juvénile, de ta bouche aiguë et glacée? N'as-tu jamais évoqué l'Elohim, dont l'étreinte ne trouve en toi qu'une ombre? N'est-ce pas ce soir que Dyonisos couronne le vœu des amants et n'as-tu point rencontré par les routes bleues qui sentent le sel et la mer, le cortège des bacchantes ou la troupe capricieuse des faunes, cyniques sous leurs guirlandes de lierre?

— Il n'y a personne sur les chemins, personne au clair de lune... », répondit l'éphèbe, et ses prunelles se voilèrent comme un cristal sous la buée.... « Il n'y a personne qui passe ou qui vienne, dans le silence de mon exil. Mais qu'il paraisse, celui-là que j'attends, où qu'elle s'éveille, celle-ci dont je songe, et mon âme entière tremblera au bord de ses cils! »

CHAPITRE XIV

Il pleuvait. Le ciel en cendres ressemblait à ces pleureuses prosternées devant les funérailles.... Le grignotement triste, continu et doux de l'eau sur les dalles et sur la terre berçait, ce midi-là, les vallées rocailleuses et les collines parfumées, les lavant de la caresse féconde du soleil.

Dans l'atrium de la maison de Scopas où bruissait la fontaine, près des autels des dieux, Milès, étendu sur les coussins que les filles de Psappha brodent à Mytilène, se regardait nonchalamment dans un miroir de cuivre. Puis lorsqu'il abandonnait le miroir alourdi, l'adolescent jouait avec des fleurs; il s'amusait à en respirer la senteur éparse encore au bout des doigts. Contre lui, à ses pieds, le regardant du large émail de ses yeux blancs, un petit esclave syrien jouait sur une harpe à trois cordes un air de son pays....

Sur un lit de repos, en face, mais presque entouré d'ombre,

le vieil Apoxyomène regardait le groupe charmant. Scopas n'avait plus d'ailleurs conservé son air heureux d'autrefois. Très frappé par la fuite de Milès, lorsque l'éphèbe était parti, voici deux mois, le jour même des vendanges, il n'avait jamais oublié les raisons de cet exode, malgré son pardon. Il tombait de trop haut dans ses illusions pour jeter un voile sur le passé. Jamais Milès ne l'avait aimé, pour lui faire tant de peine. En même temps, il consentait — mais à contre-cœur — aux visites de l'adolescent à Ictinus, craignant que le jeune artiste ne lui détruisît complètement son bonheur. Il s'était rassuré ensuite, en toute franchise. Après avoir épié les allées et venues de son favori, il ne pouvait que crier au mystère. Car si Milès, en effet, s'était en quelque sorte offert à Briséis le premier soir — et Scopas l'ignorait — l'éphèbe revenait les autres fois plus mélancolique, plus silencieux que jamais. Les efforts d'Ictinus pour l'égayer, pour le sortir de sa torpeur ne réussissaient point. Le bel adolescent demeurait un modèle, mais avec déjà l'immatérialité et la froideur des marbres. Aussi bien le peintre fut-il réduit à surprendre en vive esquisse deux ou trois minutes heureuses pendant lesquelles Milès se rassérénait. Les fresques, presque terminées, illuminaient à présent le temple de toute leur gloire. Mais l'amour ni le sourire n'en étaient nés. Et quand, d'aventure, Scopas survenait à l'improviste, il trouvait Ictinus halluciné sur son œuvre mais séparé de Milès par cette indifférence de roi en exil. L'éphèbe, d'autre côté, ne se souvenait que peu des peintures dont il inspirait l'auteur. C'est à peine si deux ou trois fois, en présence de Scopas, il avait jeté un regard — singulier — sur ce reflet de lui-même.

Dans l'atrium de Scopas où bruissait la fontaine, Milès nonchalamment se regardait dans un miroir de cuivre....

« Où vont tes pensées? lui demandait maintenant le vieillard, comme l'esclave cessait sa chanson.... Je les entends battre des ailes....

— Je rêve,... répondit, taciturne, l'affranchi.

— A des énigmes ou à des sphinx?... continuait Scopas.... Ah! Milès, tu n'as même plus la force de mentir. Tout nous sépare, j'avais donné ma vie pour toi, mon repos, mon avenir, mon bonheur. Ne t'ai-je pas sauvé de Cnide, tout ivre que j'étais? Tu aurais pu rester ta vie entière esclave. Et voilà.... Tu as pris, au contraire, mes destins dans tes jolis doigts frêles, et souvent je m'imagine que tu briseras mon cœur, quelque jour, comme une lampe d'argile.... Chaque heure qui vient t'assombrit; tu n'as point à ton réveil l'étonnement clair des enfants qui se lèvent. Et si la nuit ne berce en toi que des songes plaintifs... le jour se voile d'idées tristes, et tendres.... Que ferais-je? Ne t'ai-je point accordé la fleur la plus précieuse, mais la plus dangereuse à ton âge, la liberté?

— La liberté, dis-tu? murmura Milès.

— Ingrat, pareil à ces oiseaux que l'on abrite alors qu'ils avaient faim et froid dans la tempête... et puis qui partent au premier soleil.

— Ils meurent loin de leur ciel!... répliqua farouchement l'éphèbe. Ah! ne sens-tu donc, Scopas, ce dont je souffre... près des autres et près de toi? Ce que je regarde, en fermant les yeux, ce que j'appelle au fond du silence... n'est-ce point mon passé, que tu ignores, ma patrie douloureuse, où tu n'es pas, ma patrie lointaine et sauvage, qui te hait, toi et les tiens, la patrie où je n'ai jamais pu revenir?... Ici, peu à peu, de jour en jour, de minute en minute, au milieu des parfums, des bijoux et des fleurs, de ces coussins profonds, de ces voix efféminées, mon âme s'ennuie, se désagrège, et demain viendra la lassitude. Il a fallu que je trouve un miroir pour prendre plaisir à contempler mon agonie et la beauté qui fit mon malheur.... C'est toi... c'est toi... c'est toi, qui as fait cela!

— Pauvre enfant!... répliqua l'Apoxyomène. Si, à mon tour, pareils à ces prêtres muets qui gardent les oracles, je découvrais mes peines dans leur suaire, si je te disais ce que tes grands yeux calmes m'ont fait souffrir, si je te mettais à nu cette âme de vieillard d'où s'enfuit l'espoir de la jeunesse, où vibrent seulement encore l'émotion de l'art et la poursuite d'un rêve jamais réalisé, tu reculerais, Milès, en mêlant dans ta voix les plaintes à l'effroi. Jusqu'au jour où tu partis, sans croire jamais à un amour impossible de ta part, je m'étais forgé une chimère très douce qui griffait mais protégeait ma vie. Ayant été bon pour toi, je pensais : Il doit le reconnaître.... Fou de ne point m'apercevoir que tu me hais!... Et lorsque je te regarde, désirable et plus bel encore par ton indifférence, lorsque je sens monter en moi les gestes et les râles du désir, il me semble évoquer la légende du Prométhée dont, en place des vautours, une colombe dévore le cœur.... »

Mais Milès n'écoutait plus. Tandis que l'Apoxyomène parlait, les nuages dont s'assombrissait la terre avaient fui, et maintenant, dans une fête jeune et claire de lumière, le soleil glissait entre les feuilles mouillées. L'esclave reprenait sa harpe gaie dès lors, stridente comme un grillon. Les colonnes blanches de l'atrium paraissaient sculptées dans l'ivoire rose d'un beau corps et l'ombre n'existait plus, si ce n'est au coin frais des marbres. Milès, soudainement consolé, se levait de son lit profond, rejetant sur son épaule soyeuse la chlamide pâle à la grecque d'or. Il s'était promené lentement, ainsi qu'un jeune loup dont il avait les dents aiguës et la langue saine, puis à pas lents et presque irrésolus se dirigeait vers la fontaine, bruissante, chantante, aux grelots argentins....

« Il me semble évoquer la légende du Prométhée dont, en place des vautours, une colombe dévore le cœur.... »

L'éphèbe, penché sur l'eau fugitive, demeura un instant silencieux, attiré par la svelte image qui s'y dessinait. Une violette se détacha de ses cheveux, tacha le reflet ingénu.... Alors, comme Scopas se dirigeait vers lui pour le surprendre, mutin, il évita la caresse, et, frisant d'un souffle le liquide cristal, extasié de lui-même, Milès, à genoux près du miroir, y posa un baiser.

Mais le vent qui passait l'effaça....

CHAPITRE XV

Les chars débusquaient sur l'arène, au galop sec des chevaux, en faisant grincer leurs essieux aux virages. Une partie de la foule s'était levée, et, dans la lumière tamisée par les pourpres qui flottaient au-dessus des gradins, dans la poussière soulevée par les courses, les chlamydes blanches, les peplums légers semblaient des mouettes qui vont prendre leur vol.

En face de l'entrée du stade, la vaste loge des tyrans encadrée des fameux discoboles de Phidias était vide quasi. Seuls les envoyés de Phénicie s'y montraient, avec leurs tiares pointues, les cheveux calamistrés et les narines pincées d'un cercle d'or, ainsi qu'on les voit sur les fresques de Suse. Mais l'intérêt qu'avaient suscité les ennemis légendaires disparaissait avec le commencement des jeux. Et les gens confondus, Grecs, Latins ou barbares, gesticulaient, criaient, hurlaient, bien avant que le défilé des chars précédant les courses soit terminé.

Les Annonciateurs, d'un appel de leurs trompettes droites, rétablirent le silence. Les quadriges venaient se ranger, hennissant et frémissant, devant la ligne blanche. Sur sa stèle mince de porphyre, le casque couronné de serpents, tenant le bouclier et la lance aiguë, Pallas Athênê protégeait les destins. Et devant elle, issus de vases en bronze, brûlèrent des parfums....

Cependant, assis aux côtés de Scopas, Milès ravissant et hiératique, avec sa poitrine nue, son cou souple et son front couronné de myrte, Milès pensif, sa mignonne tête reposant sur sa main, regardait tout cela de son même air absent. Évoquait-il dans ses visions intérieures son départ de Byblos... où on le disait fils d'un roi?... Évoquait-il le beau corps de Briséis et la fresque héroïque où lui-même, transfiguré, régnait en demi-dieu? Se souvenait-il, au contraire, de l'image tremblant au bord de l'eau où il était vraiment redevenu lui-même? Cela, personne n'aurait pu le dire, eût-on interrogé les prunelles calmes où le ciel d'Orient semblait dormir. Milès daignait venir au stade parce que — avait-il affirmé dans un de ses rares élans — des athlètes allaient s'y tuer. Et comme pour une de ces fêtes poétiques où Scopas aimait lui faire entendre Sophocle et Anacréon sur la lyre, l'éphèbe s'était paré d'étoffes chantantes et de gemmes claires ainsi qu'une idole....

Quant au vieil artiste, isolé au milieu de ces rumeurs et de cette foule, il regardait l'affranchi avec des yeux adorants. Il était si près qu'il aurait pu surprendre le bruit du sang jeune et tiède battant dans les artères et qu'il aurait écouté Milès sourire. Son cœur désolé, où déjà se figeaient la vieillesse et la résignation, souffrait, avec ce qui lui restait de ses ardeurs d'autrefois, de comprendre cet impossible amour. En vain Scopas essayait-il de réagir. Il savait que la beauté dont les destins avaient couronné sa vie ne résidait point en choses délicieuses ou éphémères comme un regard et un baiser, mais que son nom vivrait avec le marbre dur. Pourtant le talent, le génie, ne sont rien devant la jeunesse qui passe! Aussi, chaque jour, en place de le guérir, lui creusait-il la plaie où, parmi les ironiques tristesses et les tendresses en cendres, gisaient tant de fantômes tous pareils à Milès.

« Tu m'as repris comme un esclave. Rien ne me reste plus que ta volonté et que ta joie. Ma faiblesse te contemple à genoux.... »

Il songeait à ces paroles, lorsque, le défilé des chars et des athlètes étant terminé, un claquement grêle et fin de crotales éclata, soutenu par la plainte stridente de joueurs de syrinx. Enveloppée de gaze, menue et perdue parmi les écharpes qui flottaient autour d'elle à la façon de Memphis, Briséis la courtisane apparaissait, suivie d'une théorie légère d'adolescents. Un murmure étonné d'admiration la précédait, car c'était la première fois qu'aux jeunes filles elle avait ainsi substitué des éphèbes. Elle avança donc, pieds nus sur le sable, le torse souple et fléchi, les bras levés, rejoints comme les anses d'une amphore.

En rythmes alternés elle heurtait ses crotales, fuyait ou cherchait une étreinte; mais à chaque pas elle ployait une tête éblouie, les yeux chavirés dans de la musique.

Et parmi les jeunes hommes, presque encore des enfants, bientôt se détacha un adolescent, comme parmi les lys un rayon de soleil. Briséis visiblement l'attirait vers ses danses. Et il était si semblable à Milès pour ses yeux tristes et dominateurs, pour son front droit sous les cheveux en casque, pour le menton aigu et triangulaire, que Scopas aurait cru Milès dans l'arène du stade, si Milès lui-même n'avait été là. Tous ceux d'ailleurs qui connaissaient le favori de l'Apoxyomène, criaient au miracle. Seul Milès demeurait silencieux, considérant son image qui dansait, sans paraître atteint par la vengeance de Briséis.

Car Briséis se vengeait. Depuis le soir où Ictinus les avait surpris, c'est en vain que la courtisane éperdue d'amour écrivait à l'éphèbe — chaque fois inventant de nouvelles ruses pour l'approcher. — Soit indifférence, soit lassitude, Milès ne lui avait point répondu, se contentant d'aller à certaines heures au Temple, durant lesquelles, nu et dédaigneux, il regardait Ictinus le rendre immortel. A le voir ainsi, à subir ses affronts, Briséis avait conçu une haine d'autant plus forte qu'était violent son désir. Elle cherchait, imaginait, trouvait. Et jetant sur le sable du cirque le vivant reflet de son ancien caprice, elle jouait merveilleusement la comédie tendre et passagère méprisée par Milès.

Scopas, inquiet, craignant le dépit de son favori, ne voulant point l'exposer à des comparaisons hésitantes, proposait à l'éphèbe de partir. Mais par un singulier retour sur lui-même, Milès à présent semblait s'intéresser à la pantomime et ne quittait plus l'autre des yeux.

Briséis, qui malgré la foule remuante et bigarrée avait réussi à découvrir Milès, le regardait maintenant, jolie, railleuse et désirable, avec son danseur dans les bras. Était-ce le défi qui luisait sur sa bouche? était-ce souvenir, désir, passion, folie? lentement Milès se levait de sa stalle de marbre et, sans qu'on ose l'arrêter, tant il était splendide, il descendit les degrés qui mènent aux arènes. Autour de lui, à son passage, des voix fusaient, criant : « Voilà Milès, le petit dieu d'argent! »

Par contre on forçait l'Apoxyomène désespéré, à se rasseoir, et le peuple entier, frémissant, attendit... comme au jour où l'on jugea Phryné....

D'un geste bref et plus nerveux qu'on ne l'aurait soupçonné, Milès sépara la femme de l'éphèbe. Briséis, exaspérée, lui criait dans sa rage : « Regarde : il est plus beau que toi et il m'aime ! » A quoi Milès répondit de sa voix chantante : « Que les dieux m'exaucent.... Il ne te suivra point ! »

Alors on vit une chose extraordinaire. La courtisane, soudainement inspirée, déchirant ses tuniques, se découvrit complètement nue aux yeux de la foule hallucinée. On riait, on hurlait, on raillait....

« O mon Frère, ô mon Image, repousse-la de tes lèvres, chasse-la de ta pensée, car Elle et tous ceux qui nous parlent d'amour portent en eux le mal du monde ! sanglota Milès.... Viens, fuis avec moi, fuis aux pays lointains dont nous sommes venus, comme des victimes et comme des esclaves.... Plutôt mourir que les subir. Elle et tous ceux qui nous parlent d'amour portent en eux le mal du monde !... »

Mais l'Autre hésitait. Le cou raidi, il regardait tour à tour Briséis et Milès. Puis, comme à pas incertains il semblait se diriger vers la danseuse, brusquement Milès arracha les voiles qui les cachaient. A son tour, dans la palpitante lumière — et pour la première fois — il s'offrit, et sa lèvre souriait, transfigurée, malgré les larmes de ses yeux. Un cri alors répondit au baiser de Narcisse, au baiser des deux adolescents, attirés l'un à l'autre comme l'image au miroir. Un cri bref, strident, terrible, tel que ces voix dans les naufrages. Au milieu des rumeurs, du va-et-vient, des altercations, des plaisanteries ou de la bousculade, Scopas, ne voulant point survivre à tant de honte, venait de se tuer. Il râlait — entouré d'une foule impuissante, le cœur troué d'un stylet d'or.

Quand la première épouvante fut calmée, on chercha Milès et

celui qui semblait son reflet : En vain. Seule, à genoux dans le sable, la gorge sèche, l'écume aux lèvres, sordide, farouche et outragée, Briséis demeurait là, hurlant des paroles sans suite...

CHAPITRE XVI

Le bois reposait mystérieux et tranquille, car le jour n'était pas encore venu. Par instants, des souffles de vent passaient avec un bruit soyeux à travers les cimes des pins, apportant, mêlé à leur haleine, le murmure des vagues proches. Et l'orient pâlissait.

Couverts d'une peau rustique prêtée par un chevrier, Milès et l'inconnu dormaient. Leurs pieds souillés d'égratignures et de poussière disaient la course pénible qui avait suivi leur fuite de l'amphithéâtre. Marchant à travers la campagne rocheuse, grappillant des airelles et les baies brunes des myrtes, se cachant au moindre appel, ils étaient arrivés, à la lueur des étoiles, devant la mer. Quelque temps ils restaient sur la grève déserte, où venait mourir le reflux avec un bercement sonore. Ils attendirent que passât une trirème ou quelque barque de pêche. Ils héleraient, ils supplieraient. On viendrait à eux pensant à un naufrage, on les recueillerait à bord du vaisseau. Et Milès, dans le cœur de qui chantaient les légendes troyennes, savait que ce vaisseau s'en irait du côté où le soleil se lève, vers sa patrie, vers leur patrie, vers les villes roses aux terrasses dorées...

Hélas ! Les derniers rougeoiements du crépuscule s'éteignaient : la lune, comme un caillou blanc, éclaboussait la nuit d'étoiles. Enfin, vaincus par la fatigue et par de mutuelles souffrances, les deux adolescents s'étaient étendus là.

L'orient pâlissait.... Doucement, comme si quelque main claire eût soulevé des voiles, une baie rose parut, profonde et lointaine. Puis les nuages se duvetèrent d'argent, la baie grandit, semblable à l'arche d'une volière lumineuse. Et soudain de la cage ouverte l'aurore s'échappa, telle que mille oiseaux aux ailes pailletées frôlant les écailles des vagues et les failles du ciel. Du bois tout fragile de rosée, où maintenant les merles sifflaient leurs notes aiguës, on voyait apparaître, une à une dans leur écrin de nacre mouvante les îles de la mer Égée, les vermeilles Cyclades. Et lorsque le soleil, brusque, se dilata parmi les vapeurs du matin, ainsi qu'une médaille dans les mailles de soie, elles semblèrent, les îles glorieuses, saigner contre les piliers violets des troncs d'arbres.

Au loin, dans la direction des villes et des temples, des notes stridentes éclatèrent, salut des prêtres de Mithra vers l'éternelle clarté. Puis tout chanta ! Les pépiements joyeux se rapprochèrent. On entendit tressaillir des ailes. Les moucherons commencèrent leurs zigzags bruissants dans les rais fluides du soleil, du soleil qui jetait sur les deux enfants endormis sa bonne chaleur généreuse....

Alors Milès, le premier, ouvrit les yeux. Il regarda, étonné, le bois d'abord, son compagnon ensuite, car c'est un privilège des jeunes années de s'éveiller sans souvenirs. Puis l'évocation entière de la veille lui revint en mémoire et l'adolescent frissonna. Perdu, sans ressources, il ne pouvait espérer qu'en la fortune pour le sauver, ou qu'en les dieux. Il comprit sa destinée. S'il retournait à Athènes, l'esclavage l'attendait, pareil à celui où végétait son ami; car les lois d'Alcibiade punissent la fuite des affranchis. D'un baiser, alors, il effleura le front du compagnon de beauté et d'exil. Il l'entraîna jusqu'au rivage. La mer, absolument inerte, luisait comme un miroir d'étain. Nulle brise, à présent, aucune voile ne passerait. Ils soupirèrent. Puis ils s'assirent sous un tamarinier dont les branches retombaient pesantes vers la terre. Et silencieusement chacun d'eux pensa. Cependant Milès espérait toujours. Les heures passèrent....

Le découragement, la faim, la soif, la peur, engendrèrent, vers le soir, une amère révolte. L'inconnu regarda Milès :

« Que ferons-nous?

— Sais-je?... Attendre....

— Attendre quoi? Je ne veux plus attendre!...

— Et ton pays... ne vaut-il pas de souffrir?...

— Mon pays? Je t'ai cru, j'ai eu tort.

— Aimais-tu cette femme? murmura Milès, songeant à Briséis.

— Non. Toi! Je pourrais t'aimer! Souvent je t'ai vu à Athènes passer en litière, fardé, chargé de perles comme une courtisane.... Maintenant, je te hais. Tu m'as trompé. Je regrette ma folie.

— As-tu donc oublié la ville aux cent portes, où nous allions la tête ceinte de fleurs, et le seuil où ta mère souriait?

« Te rappelles-tu les oiseaux qui passaient, les ibis rosés dont les nids se cachent dans le sein des herbes et les routes poudreuses qui mènent au désert? Les statues d'Isis et de Baal n'ont pas su protéger ces choses. Les Grecs impies ont brisé les marbres et ravi nos idoles. Comment pourrais-tu vivre esclave au milieu d'eux. Rappelle-toi Byblos! »

L'autre ne répondit pas. Mais il tourna la tête, regardant vers Athènes.

Enfin comme la nuit approchait, il s'éloigna, voulant cueillir des fruits sauvages, et ne revint plus....

Longtemps Milès l'appela dans l'ombre jusqu'à ce que sa voix s'éteignît sous le voile salé des larmes. De nouveau les appels des trompes droites en lamentations retentirent, saluant la mort du soleil. Et le silence, plus pesant encore avec la solitude, enveloppa la terre, le ciel et la mer.

Alors, comme dans les anciennes histoires l'adolescent avait entendu souvent évoquer les sirènes qui peuplent les eaux et les génies qui vivent dans les airs, Milès, étourdi, ainsi qu'en un vertige, s'approcha aussi près qu'il put des vagues et étendit son corps délicat sur la grève. Phœbé, vaguant à sa promenade errante, découvrait au bord des flots son sourire désenchanté. Derechef Milès invoqua les sirènes à son secours; sur ses lèvres tremblaient de tumultueuses prières.

Et voici qu'en se penchant pour les mieux appeler, en se penchant sur l'eau profonde où se reflétaient les étoiles, l'éphèbe vit se dessiner une image que nulle ride n'altérait plus, comme jadis au bord de la fontaine. Cette image lui souriait pour l'attirer vers elle. Il se pencha encore; soudain il sentit le contact humide et doux de lèvres, plus tiède encore qu'un baiser.

N'était-ce pas là l'image du sauveur qui le mènerait dans sa patrie nostalgique par des chemins que nul ne connaissait, maintenant que les humains, tous, lui avaient menti? Aussi, les regards frôlant les vagues, Milès éprouvait-il un singulier plaisir à entendre les voix qui lui parlaient enfin. Car ces voix lui parlaient, disaient les pays d'extase imaginaire où l'on ne souffre plus, où l'on ne pense plus, où l'on ne rêve pas. L'adolescent se penchait encore.... Ses doigts qui s'agrippaient au rocher glissèrent....

C'est par un soir pareil que les dieux étaient morts!

ACHEVÉ D'IMPRIMER

SUR LES

PRESSES A BRAS

DE

L'IMPRIMERIE LAHURE

www.ingramcontent.com/pod-product-compliance
Ingram Content Group UK Ltd.
Pitfield, Milton Keynes, MK11 3LW, UK
UKHW021107200726
13857UKWH00003B/1122